白い巨塔が真っ黒だった件

大塚篤司

幻冬舎

白い巨塔が真っ黒だった件

私は、ほとんど知識がないまま、医学部における教授選というものに参戦した。そして、「お医者さん」という仕事にあこがれを抱いた子供時代には想像もしなかった経験をすることになる。医学部を卒業した年に放送されたドラマ「白い巨塔」に衝撃を受け、山崎豊子氏原作の『白い巨塔』を貪《むさぼ》るように読んだ。ドラマも原作も、医局を舞台にしたフィクションとして心から楽しんだ。しかしまさか、自分が足を踏み入れた医局で、実際にその魑魅魍魎《ちみもうりょう》のリアルに飲み込まれることになるなんて、そのときは想像すらしなかった。

日本には数々のノーベル賞受賞者もいて、研究レベルは世界でも非常に優れている。しかし、最先端であるべき医療において、それを支える医学部という世界に、いまだに不透明な闇があるのは間違いない。一九六五年に出版された『白い巨塔』の世界は、二〇二三年になった今もまだ残っているのだ。

私のこの経験を伝えてみたいと思った。日本で医学について学ぶ大勢の同胞たちが、のびのびと希望を持って新しい時代に向かえるように。

ちなみにこの物語は、自身の経験をもとにしたフィクションであり、登場する人物名や団体名、書籍名は一部仮名である。


さて、時代遅れで忌まわしき舞台を覗《のぞ》く覚悟が、あなたはできただろうか？

準備ができた方から、ゆっくりとページをめくってもらいたい。

ようこそ、真っ黒な「白い巨塔」の世界へ。

もくじ

装画　宮岡瑞樹
装丁　池田進吾（next door design）

暗闇の中で

前野《まえの》研究室には、魔の五時半が存在した。

午後五時を過ぎると、教授秘書の森田《もりた》麻子《あさこ》はパソコンの電源を落とし、サイドデスクの引き出しに鍵がかかっていることを確認してから立ち上がる。

「教授、お疲れさまでした。お先に失礼します」

白いパーティションで区切られた奥のデスクでは、教授の前野玄太《げんた》がいつものようにクラシック音楽をかけながら論文を執筆していた。

「お疲れさま。今日もありがとう」

前野はそう言うとパソコンから視線を上げ、ひょいと森田の方へ顔を出しニコリとした。森田はこれから友達との約束でもあるのだろうか。バッグを手にして教授室のドアを閉める動作は軽やかだ。

教授室の向かいにある実験室では、実験助手の土井《どい》が、作業を終えた実験台に消毒用のエタノールを噴霧し、使い捨ての紙タオルで丁寧に拭き取っている。実験台の横に併設されたデスクには実験ノートが開いた状態で置かれ、前野から指示された内容と今日の実験結果が事細かく記載されていた。

「お先に失礼いたします」

作業が済むと、土井は周囲の人間に声をかけ、スカートを翻して長男が待つ保育園へと向かった。

午後五時を過ぎると研究室からは秘書や実験助手の姿が消え、三人の大学院生がポツンと取り残されることになる。今年新設されたばかりの前野研究室では、医師免許を持った博士課程の学生がぼくともう一人、あとは薬剤師の資格を持った修士課程の学生が一人。それぞれがそれぞれに与えられた研究テーマを進めていた。

仕掛けた実験機器の前に座り込み停止するまでじっと待つ者、プリントアウトした論文を実験台で熱心に読む者、ヘッドホンでお気に入りの音楽をかけながらピペットのダイヤルをクルクル回す者。みな時計を見ることもせず、作業を続ける様子はいつもと変わらない。

しばらくすると、不気味なくらい静かに教授室のドアが開いた。

「山本《やまもと》くん、ちょっと」

時計の針が五時三〇分を指す。森田や土井が確実に帰ったであろう時間を見計らって、前野は山本に声をかけるのだ。これから行われる儀式が、学生以外の目に決して触れることのないように。

救命科出身の山本新一《しんいち》が医学博士号を取るためにこの研究室にやってきたのは、ぼくと同じ四月初めだった。

フットワークの軽さとハキハキした言葉遣いはERの現場で培ったものだろう。彼の自信を誰もが感じ取ることができた。山本は実験に集中するとき、必ず大型の真っ黒なヘッドホンを頭にスッポリと装着する。ヘッドホン姿の山本が九十六穴プレートに向き合っている時間は、誰も彼に話しかけてはいけない。たった一人、教授を除いては……。

山本の様子がおかしくなってきたのは、実験試薬を間違って購入したことが発覚した五月の連休明けくらいからだ。研究費が決して潤沢ではないこの教室で誤発注したことは、大事件になっていた。

「山本くんの実験ノートを毎日確認する」

ある日、前野が不機嫌さを隠すことなく言い放った。

その日以来、毎日五時半になると教授室の扉が静かに開くようになった。今日も前野の手招きに導かれ、山本は静かに教授室に吸い込まれていった。

五分も経《た》たないうちに、前野の怒鳴り声が、実験室向かいの廊下にまで響き渡る。

「なにやってるんだ?」

「なんでこんな間違いをしたんだ?」

「実験を始める前にちゃんと調べたんか?」

教授室からは前野の声だけが大きく漏れ、一方の山本の声は一切聞こえてこない。だいたい午後七時を過ぎた頃になると、両目を真っ赤にした山本が実験室へ戻ってきて大きなため息をつく。それから、実験ノートの同じ箇所をただぼーっと眺める光景が当たり前になっていた。

死んだ魚のような目をした山本が研究室に来なくなるまでに、そう時間はかからなかった。魔の五時半が始まって一カ月ほど経ったある日、山本は無断でラボミーティングを欠席した。

それから二日、三日と山本の無断欠席は続いた。山本が研究室に来なくなって四日目の晩、なんの前触れもなく前野が山本の机にやってきた。机全体を見回したかと思うと、引き出しを上の段から順番に開けて中身を確認し、部屋から出ていく。すぐに戻ってきたその手にはダンボールが二箱あった。そのまま教科書やら黒いヘッドホンやらを、前野はダンボールに手際よく詰め込んでいった。

「ここの机は共用にする。みんなで使いなさい」

まっさらになった机の上にはダンボールが二つ、綺麗《きれい》に積み上がっていた。

ぼくにはそれが山本の墓石のように見えてゾッとした。この研究室で前野に嫌われたら、間違いなく自分のキャリアは終わる。これから続く三年半を想像すると、言葉にできないほどの重苦しい気分になった。

――すごいところに来てしまった。

ここでは絶対に間違えてはいけない。簡単なケアレスミスも許されない。プレッシャーがとてつもなく大きく、自分にのしかかった。

山本のダンボールが消えて一カ月後、ぼくはついに実験のミスを犯した。連日の疲れから、大事な酵素を入れ忘れてしまったのだ。その日に限って、前野はぼくの実験ノートを隅から隅までチェックしていた。

次の日から魔の五時半が始まった。

地獄の日々だった。

ただ、幸か不幸か、山本のときと違ったことが一つだけある。

ぼくは山本ほどは持たなかった。

二週間後、今度はぼくの机の上に墓石が立った。

●

研究室に行けなくなり、ぼくは埃《ほこり》っぽい布団の中から起き上がることができずにいた。乳飲み子を抱えた妻が見るに見かね、嫌がるぼくを無理やり心療内科へと連れていったのは、それから一週間後のことである。

「中等度の鬱《うつ》ですね」

医師は隣に座った妻の方に膝を向け、静かに病名を告げた。それから今度はぼくの方に体を向け、

「大塚《おおつか》さん、少し休みましょう」と言い、カルテの方に再び体を戻した。

「まずは向精神薬のパキシルから内服してください。効果が出るまでに時間がかかります。毎日しっかり内服してくださいい。一カ月経っても効果が出なければ増量します。それと、夜は眠れていますか？」

「いえ」

ぼくは言葉を絞り出した。

「では眠剤も出しておきますね」

「ありがとうございます」今度は妻が代わりに答えた。

「希死念慮があります」

妻の言葉に重ねるように、ぼくは自ら申告した。希死念慮とは、死にたい気持ちを指す医学用語だ。苦しくて苦しくて、こんなに苦しいのなら死にたい。その気持ちを目の前の医者に伝えるということは、本当に死にたいわけではなく、なんとかこの苦しさを取り除いてほしいということだ。

医師は「分かりました。苦しくなったときに飲む抗不安薬も出しておきます」と言ったものの、希死念慮という言葉が耳に残ったのか、「入院されますか？」と前言とは矛盾したことを聞いてくる。

「いえ、まずは薬を飲んで家で様子を見ます」

「ほんとに家で大丈夫？」

心配そうな様子で妻が口を挟む。その頃のぼくは実際、目を覚ますと布団の中でゴソゴソと携帯を取り出し、「苦しくない自殺方法」を検索してはまた目を閉じるということを繰り返していた。

「大丈夫」

死にたい気持ちも強かったが、それ以上に日々湧き上がる苦痛に耐えられなかった。研究で大発見をする夢に破れたという挫折感、自分のキャリアが終わってしまったという絶望感、もうこれまでと同じように働くことができないという虚無感。

自殺サイトを覗くついでにふとメールアプリを開いてしまうことがある。そうすると否《いや》でも仕事のメールが目に入る。さすがに前野からの連絡はなかったが、学会参加のお知らせやバイト先の病院からのメールを開くたびに、なぜか前野に罵倒され続けた魔の五時半の記憶が蘇り、胸が締めつけられる思いがした。前野がぼくに残した傷は、研究だけでなく仕事全般を拒絶してしまうような深いものだったのだ。

そんなことに気づいていたのか、妻はぼくが携帯電話を開くのを嫌がり、布団の中で液晶を覗き込むたびに「やめなよ」と声をかけてきた。しかし、心療内科の受診が済んだこの日、祖母に預けていた子供を妻が引き取りに行く間、ぼくはついついメールを開いてしまった。

そこには「大丈夫ですか？」という表題が付いた、教授秘書の森田から届いたメールがあった。

森田は、ぼくら大学院生の仲間であり、アイドルであった。前野教室で秘書をする傍ら、読者モデルをしているという噂《うわさ》もある。

「前野先生からセクハラを受けてる」

彼女がそう漏らしたのは、山本の机に墓石が立った直後のことだった。

ぼくともう一人の大学院生、小出崇史《こいでたかし》で森田を誘い、居酒屋に飲みに行った。

「前野先生からしつこくご飯に誘われて、いよいよ断れなくなって二人で食事に行ったの」

ぼくと小出は興味津々で、森田の話の続きを待った。

「いざ帰ろうと店を出た後、少し歩きたいと前野先生がおっしゃって、私たちは哲学の道を歩くことになったの」

「うわー、きつい」

思わず小出が声をあげた。

「しばらく経つと前野先生の手が伸びてきて、私の手を摑《つか》んだからびっくりして」

「まじか」

今度はぼくが声をあげた。

「手を引っ込めようとしたんだけど、前野先生の力が強くて手をつなぐはめになったの。でもそれで終わりじゃなくて、今度は無理やり恋人つなぎにしようと指をグリグリしてきたのね」

森田はそう言って、ぼくらの目の前で両手の指と指を交互に重ねてガッチリと組んでみせた。

「大通りに出る直前に手をぐっと引っ張られて抱きしめられそうになったんだけど、そこは力いっぱい抵抗して、走ってタクシーに乗り込んで帰ってきた」

森田は神妙な面持ちで話を終えた。

それからぼくらはビールとハイボールをそれぞれ頼み、だし巻き卵と唐揚げと他にも沢山の料理を平らげ、大学院生をパワハラで潰した上に、秘書にセクハラするなんてひでぇ野郎だ、とかなんとか言って会を終えたのであった。

あの頃はまだ自分は安全だと勝手に思い込んでいたし、呑気《のんき》なものだった。しかし、今のぼくは、外へ出るのさえ億劫《おっくう》なほど心身を壊していた。

森田から届いたメールには、ぼくの体調を気遣う文面が続いた後で、今度は小出くんが危ないと書かれていた。

しかし、同じ研究室でのパワハラも三度目となると、小出も負けてはいない。魔の五時半が始まるとポケットにテープレコーダーを忍ばせ、前野の暴言を一つ残らず録音するようになったらしい。しまいには学内に設置されたハラスメント委員会に訴えると言いだし、森田やぼくにもぜひ一緒に被害を報告してほしいとのことだった。

小出の反撃を頼もしく思うものの、ぼくはまだ薬を飲み始めたばかりで、前野と戦う気力はないと答えた。ハラスメント委員会に出す書類に名前が加われば、前野から受けた暴言を思い出さざるを得なくなるだろう。そのたびにぼくのメンタルは崩壊する。今はただ、小出と森田の反撃を、湿った布団の中から祈るように見守るしかなかった。

――さて、みなさんはこの結末がどうなったかすぐに知りたいことだろう。前野教授は適切に罰せられ、職を失い、ぼくは安心して大学院に復帰することができた、と言いたいところだが、これはまだ世間がハラスメントに厳しくなかった時代の話だ。実際は、半分正解で半分不正解である。

二年後のある日、小出から聞いた話の顚末《てんまつ》は意外なものだった。

「大塚さん」

年下で薬学部卒の小出は、大学院のときからぼくのことを大塚先生ではなく大塚さんと呼ぶ。

卒業後、東京の製薬会社に勤めていた小出は、出張のために京都に戻っており、鴨川沿いの居酒屋で久しぶりに一杯やることになっていた。

「前野先生の話をしてもしんどくなりませんか？」

ぼくが鬱で苦しんでいたのを知っていた小出は、ぼくの反応をまずは確認した。

「うん、話くらいは大丈夫だけど、結局、前野先生クビになってないね」

「そうなんすよ」

小出は枝豆をつまんで口に放り込んだ。

「良いところまでいったんですけど、厳重注意で終わりました」

「あの暴言をさ、ハラスメント委員会の人が聞いたらクビになると思ったけどなあ」

そう言ってぼくはビールを口に運ぶ。

「それがですね、あの録音は、前野教授が嵌《は》められたことになってるんです」

「どういうこと？」

「森田さんのこと覚えてますか？　教授秘書やってた」

「もちろん」

「森田さん、パワハラの証言で委員会に呼ばれたんです。本当に前野研究室でパワハラがあったのか証言を取るためです。前野先生はメールではなにも言わないじゃないですか。文章で証拠に残るようなことはしないというか」

確かに前野からのメールに、人格否定や罵倒まがいのことが書かれていたことは一度もなかった。なにかあれば「部屋に来るように」と直接声をかけられた。そのやり口に、ぼくは鬱になった後も、何度も悔しさで涙を流した。万が一、彼の葬式に声がかかるようなことがあれば、ぼくは嫌味でキティちゃんの電報を送りつけかねない。もちろん、葬式でそんな不謹慎なことはしないし、使われるキティちゃん本人もとんだ迷惑だろう。

「森田さんは学生に対する前野先生の暴言を直接は聞いてません。ぼくらへのパワハラは森田さんが帰った後に行われましたからね。ただ、テープレコーダーは聞いてもらったので、アイツの罵倒は知っていました」

ぼくは、自分が初めて前野に怒鳴られたときのことを思い出し、再び息ができなくなる感覚に陥った。いつまでこの苦しみを抱えて生きていかなくてはいけないのか。

「びっくりしたことに、森田さんはハラスメント委員会でパワハラはなかったと言ったみたいなんです」

「なんで？」

「ぼくも、なんで？　と思いました。森田さんが言うには、あのテープレコーダーはぼくがわざと前野教授を怒らせて録音したものだと。大塚さんが辞めてしまったことに対する逆恨みじゃないかと証言したみたいなんです」

「いやいや、おかしいだろ」

「そう、おかしいんです」

「だって、森田さん、前野先生からセクハラを受けてたじゃん」

ぼくは少し大きな声を出したことに自分でもびっくりして、あたりを見回した。

幸い、周りの客も各々の会話で盛り上がり、セ、ク、ハ、ラという言葉を気にしている人は誰もいなかった。

「それがですね、森田さんは教授の愛人みたいなんです」

「そんな馬鹿な」ぼくは吐き捨てるように言った。

「森田さんが読者モデルをやってるって噂、ありましたよね？　あの話って、隣の研究室の大学院生が、雑誌に載ってた森田さんをたまたま見つけて分かったことなんですけどね」

そう言って小出は枝豆を指先でつまみだした。

「そいつが、森田さんと前野教授のデート現場を目撃したって言うんです」

「それはまた森田さんが断り切れず、じゃなくて？」

ぼくはどうしても、森田がぼくらを裏切ったとは信じられなかった。

「滋賀にある有名なケーキ屋さんに二人が一緒にいたらしいんです。わざわざそんなところまで行くなんておかしくありませんか？」

　ここで小出はため息をついた。

「それだけじゃ分からんよ」

「はい。それだけじゃありません」

　小出は左右の手でしばらく弄《もてあそ》んでいた枝豆を、口に放り込んだ。

「ぼく見たんです」

「なにを？」

「二人がラブホテルから出てくるところを」

「まじで？」

「鴨川沿いを大学から下っていくと、四条を越えたあたりの左手にラブホあるの知ってますよね？」

　さも当たり前のように小出が聞くものだから、ぼくは分かっているような分かっていないような曖昧な表情を作った。川端通りの脇にある、看板がトウカエデの木に見え隠れするラブホテルが頭に浮かんだ。一風変わった名前のホテル「そういえば。」はここらへんでは有名であった。

「川端通りを車で運転してたらですね、ホテルの前から二人が出てきたんです」

「ホテルの出入り口は通りから見れないだろう」

「はい、よく知ってますね」

そう言って小出はニヤッと笑った。「なんだ知ってるじゃん」と口にする小出を無視して、ぼくは話を進めた。

「大通りから出入り口が見えるラブホなんて普通はないよ。たまたまホテル方面から二人が出てきただけじゃないの？」

「はい、大塚さんの言う可能性は否定できません」

小出はあっさり認めた。

「だから確認しました」

「は？　誰に？」

「二人にです」

「お前すごいな」

テープレコーダーの件といい、ハラスメント委員会に訴えた件といい、小出は勇気があって行動力もある。でも、本人たちに確認するなんてちょっと無謀だ。

「ぼくはハラスメント委員会の対応に腹が立ったのですが、就活も始まっていたのでこれ以上は追及しませんでした。大学院を無事に卒業さえできればいいですからね。もし、前野先生がまた嫌がらせをしてきたら、今度はとことん戦うつもりでした。ただ、前野先生もこれ以上は大事にしたくないと思ったのでしょう。ぼくは無事に卒業できました。大学院卒業の日に、教授室に挨拶に行ったんです。そのときに二人ともいたので聞きました。前野教授と森田さんはお付き合いされてるんですか、って。ぼくの最後の反撃です」

「めちゃくちゃ怒られただろう?」

「いいえ、二人ともびっくりした表情でした。でも、否定もされませんでした」

なにか弱みを握られ無理やり関係を続けているのではないかと、どうしてもぼくは考えてしまうのだが、小出は微塵《みじん》も疑っていないようだ。

前野が強引なアプローチを繰り返すうちに、森田は本当に前野の愛人になってしまったのだろうか。ここで関係を否定することは森田を傷つけることになるから、森田の手前、前野は小出の言葉を強く否定できなかったということなのだろうか。愛人関係という引け目を森田に負わせている状況なのであれば、「付き合っていない」と言い切ることは確かに森田をさらに苦しめることになる……。

それにしても、二人に直接確認した小出の度胸は想像以上だ。

「というわけで、森田さんは前野教授の愛人だったというわけです」

残酷な童話でも読み終えた子供のような表情で、小出はこの話を終わらせると、東京での仕事の話やら今度結婚する彼女の自慢やらをし始めた。


その日の夜、ぼくは久しぶりに具合が悪くなり、安定剤と眠剤をまとめて飲んだ。前野研での締めつけられるような胸の苦しみを思い出し、絶望的な気持ちが押し寄せた。ポキッと折れてしまった心が以前と同じように戻るには、長い年月が必要となる。それは金属疲労と同じように、もしかしたら一生戻らないものなのかもしれない。ぼくは、深海の底のような深い闇に包まれ、孤独で耐え難い気持ちを抱えたまま、眠りに落ちていった。

●

暗闇の中の記憶というものがある。

ぼくの場合は、小児喘息《ぜんそく》で初めて入院した三歳のときの記憶がそれに当たる。

映画のワンシーンのような光輝く病室の入り口に、顔のはっきり見えない訪問客が小さな花を抱え立っていた。

「篤司《あつし》の様子はどう？」

訪問客の問いかけに、父親が答える。

「しばらくは予断を許さない状況だと先生から言われてる」

「そうか、まだ小さいのに、かわいそうに」

「このまま点滴がよく効いてくれることを祈っているよ」

ぼくは息を潜めたまま二人の会話を聞き、寝たふりを続けた。

二歳で発症した小児喘息は、三歳のとき大発作を起こし、ぼくは近くの総合病院に入院することとなった。

喘息の発作は主に夜間に起きるので、そのたびに母親は一晩中ぼくの背中をさすり発作が治まるまで寝ずに待ってくれた。小さな子供がゼコゼコゴホゴホと何時間も繰り返す様は、見ている親にとっても辛《つら》いものだったろう。発作の翌朝、元気になって飛び回るぼくに対し、母親は布団で「少し寝させて」と言って、穏やかな眠りにつくのが習慣であった。

当の本人はというと、確かに喘息の発作は辛いものの、物心つく前から付き合ってきたもので、辛いのが当たり前になっていた節がある。したがって、そう熱心に喘息を治そうと思うこともなく、逆に、軽い発作に便乗すれば学校をズル休みできると狡《ずる》賢《がしこ》く利用していた。

喘息の発作は年中起きるというわけではなかった。大抵は季節の変わり目に一カ月ほど続き、また元気な期間を経てから発作の時期に突入する。ただし、病院通いは一年を通して、二週間に一度、または一カ月に一度はしなければいけない状況だった。

一進一退を繰り返していた喘息の症状は、小学校五年生のときに大崩れしてしまう。連日の発作で痰《たん》が絡み、普段は元気なはずの日中もヒューヒューゼーゼーが治まらなくなってしまったのだ。母親の車で担ぎ込まれた病院では、すぐさま入院の手続きが進められた。こうしてぼくは、人生二度目の喘息入院を経験することとなる。

小学校高学年での入院は心細いものだった。症状が重いことから一人部屋に隔離され、母親は小さな妹たちがいる我が家を空けることができず、ぼくはエタノールの臭いがツンと鼻に沁《し》みる暗い病室で、一人夜を過ごさなければならなかった。

幸い、三日目の朝には点滴の効果が出始め、ぼくは小児病棟の一角にある遊び場に出入りすることを許可されるまでになった。

小児喘息を専門とするその病院には、同じように入院している小学生や中学生が十数人いた。数日ぶりに同世代と会えた嬉《うれ》しさにぼくは大はしゃぎをして、その夜、また発作を起こしてしまう。当然、翌日の遊び場への出入りは禁止となり、また点滴につながれた管を眺めるだけの一日を過ごすことになった。

一九八〇年代、携帯電話やスマホがない時代にぼくら子供たちが熱狂したのは、「週刊少年ジャンプ」に連載されていた漫画たちであった。ぼくは中でも『キン肉マン』が大のお気に入りで、病室に持ち込んだノートに絵を描き込み、オリジナルの物語を作っては妄想に耽《ふけ》った。ヒューヒュー音をたてる呼吸をリズミカルに刻みながら鉛筆を走らせ、いつか自分の本が書店に並ぶのを夢見ていた。

改めて遊び場への出入りが許されたのはその数日後だった。前回の失敗を踏まえて大人しく……とはいかないのが小学生の男の子である。ぼくはまた嬉しさのあまり友達と走り回っていた。

大笑いをして立ち止まったその瞬間、すーっとぼくの体は宙に浮いた。そしてまた静かに地面に着地した。

驚いて振り返ると、そこには口髭《くちひげ》をたっぷり蓄え、満面の笑みを浮かべた白衣姿の主治医がいた。その笑顔の優しさと抱き上げられたときに感じた手のひらの温かさに、ぼくは医者になろうと決意したような気がする。

●

その後、順調に医者になれた、というわけではない。勉強ばかり続けてきた中学時代の反動か、高校に入ると一転して不真面目な学生生活を送った。遅刻と早退を繰り返し、たまに行った学校では授業も聞かず友達と雑談に耽った。見るに見かねた母親が「ちゃんと高校は卒業しなさい」と注意すれば「あんたのせいでオレは喘息になった」と言い返し、母親を泣かす始末であった。

そんなぼくが改めて医者になろうと決意したのが、高校三年生になったばかりの春。母親が大慌てで家の玄関をガラガラと開けたところから始まる。

「お父さんが大変なことになった」

その日は妹の学校の運動会が行われていた。大勢の保護者が集まった校庭には、我が子を肉眼でしっかりと目に焼き付けようと、グラウンド周辺のせり上がった土手に陣取る男性陣がいた。その中にいた父親は、運動会最後の紅白対抗リレーで妹がバトンをつないだ瞬間にバランスを崩し、その小高い土手から転げ落ちてしまったというのである。

「左手首の複雑骨折だって」

息を切らした母親が玄関口からぼくに叫んだ。

「一緒に病院に行こう」

慌てて、母親が運転する軽自動車に乗り込んだのである。

病室では苦痛に顔を歪《ゆが》める父親がベッドに横たわっていた。見上げるほどに大きかったはずの父が、ベッドの上では小さく見えた。改めてじっくりと見る父親は、思っていたより白髪が多く、皺《しわ》で顔がたるみ、すっかり歳をとっていた。

病院からの帰り道、母親はポツリとぼくにつぶやいた。

「篤司、あんたやっぱり医者になりなよ。医者になって困っている人たちを助けてあげなよ」

胸の奥底に眠っていた医者になりたいという気持ちが改めて呼び戻された瞬間だ。

それからぼくは文字通り血を吐くほど勉強し、二年の浪人生活を経てS大学医学部に無事入学することができたのである。

●

医者というのは、わりと自由に就職先を選ぶことができる職業だ。地方の国立大学を卒業したとしても、全く関係のない都内の病院で勤務することも可能だ。しかし、自由が利くのは最初の選択だけである。卒業生のほとんどは医学部を卒業後、大学病院に存在する「医局」という集団に所属する。教授をトップとした閉塞的であり封建的でもある集団、それが医局だ。消化器内科、脳神経外科、精神科、眼科、皮膚科といった具合に、大学病院ごとにそれぞれの診療科の医局が存在する。

医局に入る際に、なにも契約はいらない。教授が「よし」と言えば、医局のメンバーとして仲間に迎え入れられる。その後は、大学病院で勤務したり、関連病院と呼ばれる地域の病院で勤務することとなる。

S大学を卒業し医師となったぼくは、K大学医学部皮膚科学教室に入局した。そのK大学で一年の研修を経てから、鳥取の病院に勤務することとなった。

鳥取の病院では、毎日の外来と、週に二回の手術、それから月に四回の当直が、義務としてまわってきた。

忙殺される毎日の中でも、記憶に残る患者はいる。特に印象に残っているのは、不思議なことに、診察することができなかった患者のことだ。

その日は先輩皮膚科医の岡本正義《おかもとまさよし》が、当直の診察に当たっていた。この病院では、皮膚科医だろうが眼科医だろうが関係なく、救急外来を受診した全ての患者を診察する〝全科当直〟が行われていた。

「次の患者さん、かなりひどいですよ」

問診を取り終えた看護師の三谷尚子《みたになおこ》が、診察室に戻ってくるなり、当直医二人に声をかけた。

「赤ちゃんの爪が全部取れてます」

「どういうことですか?」

「湿疹が悪化して指がジュクジュク。お母さんがステロイドを一切使いたくないんですって」

「ステロイド忌避ですか」

岡本が、さも当たり前のように返事をした。

「ステロイドきひ?」

「ええ、ステロイド忌避です。ステロイドを極端に嫌う患者さんのこと。脱ステロイドとか脱ステなんて言い方もしますね」

「一般の方からしたら、ステロイドって怖いイメージありますもんね」

右手に問診票を持ち、左手は腰あたりに当て、三谷は仁王立ちで答えた。その表情は、うんちくはもういいから早く患者を診ろ、と物語っていた。

「私が専門なので診ましょう」

岡本は重い腰を上げ、ひらっと三谷から問診票をつまみ取り診察室へと向かった。

「先生、それでね」

その日に夜勤だった三谷が、一息つく間もなく、当直中のぼくに話しかける。

「岡本先生、お母さんと喧嘩《けんか》しちゃってさ」

「喧嘩？」

「そう。ステロイドは危険じゃありません！　お母さんは間違ってます！　って」

「そんなきつい言い方したの？」

「うん、お母さんも最後泣きそうになってて大変だったのよ」

ぼくは、発熱で受診した子供のカルテを書きながら返事をする。

「そうだったんだ。で、肝心の患者さんは？」

「うん。爪が剝《は》がれた部分にゲーベンクリームを塗ってガーゼを当てておきました。ステロイドは処方してたけど、ちゃんと塗ってくれるかな」

「どうだろうね」

電子カルテの患者一覧には、今日もずらっと名前が並んでいる。

「あの赤ちゃん、次は大塚先生の予約だって」

そう言うと、三谷は患者がごった返す待合室へと消えていった。

母親の信念でステロイドを使った標準治療ができなかった赤ちゃんは、結局ぼくの外来に訪れることはなかった。予約日までの間に何度もシミュレーションしたその母親とのやり取りは、外来で使うことなく終わった。

「全部の爪が取れてたの」

その言葉だけで、いかにその子のアトピーがひどい状態だったのか、医者でなくとも想像がつく。あの赤ちゃんはちゃんと元気に過ごせているのだろうか？

それ以来、アトピーを患った子供を外来で診るたびに、会うことができなかったあの子のことを思い出した。

ステロイドをめぐる情報の混乱は、一九九〇年代のテレビ番組の影響が大きい。

当時、国民的な人気を誇ったニュースキャスターが、「これでステロイド外用剤は最後の最後、ギリギリになるまで使ってはいけない薬だということがよくお分かりになったと思います」と、とある番組の終わりに発言し、翌日から全国の皮膚科診療は混乱に陥った。診察室に入ってくるなり「ステロイドは使いたくありません」と訴える患者だらけとなり、現場は騒然としたのである。

子宮頸がん予防のためのＨＰＶワクチン然《しか》り、インフルエンザでのタミフル然り、新型コロナワクチン然り、いつの時代でもマスコミの影響は大きい。放送された内容がその後、医学的に間違いであると証明されたとしても、薬に与えられた悪い印象が消えることはない。

悪徳な民間療法が誤情報に便乗し、患者は標準治療から遠ざかる。間違った情報で最終的に苦しむのは、いつも患者である。

アトピービジネスに騙《だま》され何十万も健康食品にお金を払った真っ赤な顔のOLや、十年以上自宅に引きこもっていた脱ステ患者の話などを聞くたびに、ぼくはこの状況をなんとかせねばと強く感じてきた。間違った医療情報で振り回される患者をなくすこと。そしてなによりアトピーを治すこと。

しかし、医学には限界があり、いまだに治せない病気が数多く存在する。原因が解明されていない難病も数多い。やはり自分の手で新しい薬を開発するしかない。その思いを強くしたのがこの時期だった。

こうしてぼくは鳥取での二年間の勤務を終えた後、K大学大学院博士課程へと進学し、先の「前野研」での、耐え難き日々を送ることになったのだった。

鬱からの回復というのはそう簡単なものではない。トラウマのように心に刻まれた傷は、ほんのわずかに関連する出来事に触れるだけで脳で記憶をつかさどる海馬が活性化し、耐え難き苦しみとなってぼくを襲う。

回復の段階で気がついたのだが、鬱状態にあるときは、本来であれば外に向けて発するべき怒りが、諦めや後悔といった形で自分自身に向かう。誰かが不愉快な出来事を引き起こしたとき、例えば、前野教授が人格否定を繰り返したとき、正しい心の反応として怒りは教授に対して発散されるべきだ、と今は思う。しかし鬱になると、理不尽な仕打ちでさえ、自分が悪かったからだという怒りが内に刺さり、ますます自分を苦しめることとなる。そう考えても、鬱からの回復に必要なことは、鬱になった原因を遠ざけ、あたたかな環境で過ごすことが絶対的だと分かる。

大学卒業後に入局したK大学皮膚科で高橋修《たかはしおさむ》教授と出会い、ぼくはその部下となる。高橋は、人心を掌握し、マネジメントに長《た》けた医師であった。出向先の前野研で鬱になったというぼくの噂を聞きつけて、しかるべき対応を準備してぼくが戻ってくるのを待ってくれていた。

そんなこととは露知らず、医局を辞めようとぼくが高橋の部屋のドアをノックしたのは、鬱と診断されてから半年も過ぎた後。ぼくは相変わらず研究室を休んだままでいた。

その日、ぼくは医局、すなわちK大学皮膚科学教室を辞める覚悟を決めていた。インターネットで見つけた雛形《ひながた》を見本に、自らの退職意思を記した一枚の便箋を封筒に収め、しわくちゃにならぬようクリアファイルにしっかりと挟んでから黒色のリュックにしまい込んで家を出た。

暗く埃っぽい大学の廊下には、アカデミアの雰囲気にまるで似つかわしくないオレンジ色の防犯ランプがついた部屋がある。そこがK大学医学部皮膚科学教室九代目教授、高橋修の部屋だ。日本はおろか世界中を飛び回る高橋を摑まえるのは困難なことで、この日は事前に高橋の秘書と連絡を取り合い、一五時に教授室に来るようにとの伝言を受けての訪室であった。

携帯の時計が約束の時間となったタイミングを見計らい、ぼくは木製のドアをノックした。

「大塚です」

響く。

「はい、どうぞ」という声とともに、ドアロックが自動で解除される機械音が静かに
「失礼いたします」

ゆっくりとドアを開けると、白髪で細身の老紳士が椅子から立ち上がった。「さぁ」と言って、目の前の応接セットのソファを手のひらで指す。

「体調はどうだ？」

黒色の革のソファに腰を下ろすや否や、高橋は口を開いた。

「はい、まだ本調子ではないですが、だいぶ元気になりました」

「前野先生がそんな人だとは知らなかったよ」

高橋の耳には、すでにハラスメントの話が伝わっているようだった。

「ご心配をおかけしました」

「前野先生にはぼくから言っておくので、大塚くんはここの皮膚科に戻ってきなさい。まだ医学博士の学位論文ができてないだろ」

高橋はテンポよく話を進める。決意はできていたものの、いざ高橋を目の前にして、大学を辞めることを口に出せなくなってしまった。ここでもし高橋から「大塚くんは

この先どうしたい？」と聞かれていたら、ぼくの人生は変わっていたのかもしれない。

サイエンスの落とし穴

その頃のぼくは、まとまった休養と心療内科への通院のおかげで体調は回復していた。少しずつ仕事のことも考えられるようになり、書店の奥まった場所にある医学書コーナーにも足を運べるようになっていた。自分が経験した鬱の体験を活かし、と言っては変だが、寝込んでいた期間を少しでも無駄にしないように専門性を磨きたい。そこで出合ったのが「心身皮膚科学」という聞き慣れない分野であった。

心と皮膚はつながっている。

ストレスを感じると肌荒れが起きるという経験は、誰でも一度や二度したことがあるだろう。しかし、医学研究において心と皮膚の関係はそれほど詳しく解明されていない。エビデンスが十分に存在しないブラックボックスの分野なのだ。数少ない専門書を読み解くと、やはりアトピーと精神疾患は深い関わりがある。「精神科的なアプローチをアトピー患者さんに行おう」と思いついたのは、自然なことだった。ぼくは皮膚科ではなく、しばらくの間、精神科の勉強をしてみたくなっていた。

しかし、すでに前野研のことで高橋教授には迷惑をかけた状態である。皮膚科から精神科への出向となると、また話が大事になることは想像できる。そこで、心身皮膚科学に詳しい皮膚科医がいる病院を自分で見つけ出し、大学院を辞めてそこで勉強させてもらえるように、こっそり準備していたのであった。

あの……とぼくが口を開く前に高橋は話し始めた。

「谷口《たにぐち》先生が留学からK大学に戻ってくる。新しく研究室を立ち上げるから、大塚くんはそこで残りの大学院生活を送ればいい」

「はぁ」

「ぐっちゃんは知ってるだろ?」

高橋は親しみを込めて、谷口をぐっちゃんと呼んだ。

準備していた未来が大きく歪んだ瞬間だった。ただなぜか、高橋の提案に嫌な思いはしなかった。研究への未練もあったからだ。もう一度あの世界に飛び込んでみたいとすら思ってしまった。

今度こそラストチャンスになるだろう。ぼくは谷口と以前交わした会話を思い出した。

●

谷口謙一郎《けんいちろう》はぼくの十歳上の皮膚科医で、K大学皮膚科のエースとして全国に名を轟《とどろ》かせていた。趣味は筋トレだったが、タンクトップを着て筋肉を見せびらかすようなタイプではない。スーツの下にその引き締まった筋肉を慎ましく隠し、ストイックに筋肉を痛めつけ、同じようにストイックに研究に邁進《まいしん》していた。大学院の卒業に合わせて数々の研究論文を発表すると、その研究的価値とインパクトで世界を驚かせた。気さくな谷口はぼくら後輩の兄貴分で、ぼくらをきょうだいのようにかわいがってくれた。

それは、外来診療を終えた谷口が、ぼくら若手皮膚科医が集まる部屋に差し入れのチョコレートを持って顔を出したときのことである。ぼくはこのときまだ皮膚科医一年目であった。

ぼくたち皮膚科医一年目の同期は、一日の仕事を終え、いつものように病棟横にある八畳ほどの部屋に戻っていた。そこへ谷口がやってきたので、ぼくらは治療に困っている患者さんの相談をした。一通り答えてくれた後、谷口は言った。

「ところで、みんなは将来なにをしたいの?」

ぼくは学生時代に通い詰めた生化学教室での経験があったので、本格的に研究をしたいと考えていた。

「新しい薬を開発して、治せない病気を治せるようにしたい。そのために基礎研究を頑張りたい」

さらに続けた。

「役に立つ研究をしたいです」

谷口は椅子に深く腰かけ、なにか考えているようだった。

「うーん、今はそれでもいいと思うけど」

エアコンのジーッという機械音が部屋に響く。

「基礎研究というのはね、役に立つか立たないか考えない方がいいんだよ」

そう言って谷口は黙った。その続きはなかった。なかったというよりは敢《あ》えて言わないという雰囲気だった。同期の宇山《うやま》がふーんと言って、谷口が持ってきたイチゴ味のチョコレートを口に放り込んで言った。

「オレは手術ができる皮膚科医になりたい」

ぼくは谷口の言葉の意図が分からずに考え込んでいたが、胸ポケットのＰＨＳが鳴り、そこで思考は中断する。看護師の早口な報告に「はい、行きます」とだけ返事をして電話を切ると、イチゴの人工的な甘い香りが広がる部屋を後にして、入院患者が待つ病棟へと向かった。そのまま谷口とこの話の続きをする機会もないまま、彼は留学のためフランスへと飛び立っていった。

●

イチゴチョコの香りがすると、今でもこのときのことを思い出す。あのとき谷口から言われた言葉の真意を確かめないまま、ここまで来てしまっていた。改めて知るためにも、彼の研究室でキャリアをやり直したいと思った。

「そういうわけで、ぐっちゃんにはぼくから連絡をしておく。メールのCCに大塚くんを入れておくから、あとは谷口先生と直接相談してください」

ぼくのその後の人生を決めることになった教授面談は、わずか十分もかからずに終わったのだった。

谷口は優しくもあり厳しくもある上司であった。ぼくを鬱へと追い込んだ前野とは大きく違った。前野研では、ぼくも山本も実験のミスを厳しく追及された。しかし、谷口から実験のミスを追及されたことはない。そのミスがなぜ起きたか聞いてくることはあったが、次に同じミスを起こさないようにアドバイスをくれて、話は終わる。

「実験試薬の入れ忘れを防ぐために、必ず実験ノートに手順を書いてチェックを入れるようにした方がよい」例えばこんな具合に。

大声で叱責することもなかったし、ぼくら大学院生を追い詰めようという気配を感じたこともなかった。その代わり、研究内容には厳しかった。

「予想と違ってこんな実験結果が出ました」と報告すれば、「それで大塚くんの解釈は？」とすぐさま返される。

「こういう可能性を考えています」と答えれば、「他の可能性はないの？」と聞かれ、「この実験を踏まえて次はどうするの？」とたたみかけてくる。

研究というのは手を動かして実験を進めることも大事だが、それ以上に目の前のデータと向き合い、解釈し、次の道をどう進むか考えるのが重要だと体に叩《たた》き込まれたのは、谷口のおかげだ。

谷口から教えてもらった言葉で、座右の銘にしているものがある。

「夢見て行い、考えて祈る」

これは大阪大学の総長であった山村雄一《やまむらゆういち》博士の言葉である。

研究はまず「生命現象としてこんなことがあるのではないか？」と夢見るところから始まる。そして、その仮説を検証するために、適切な実験を行う。結果が出た後に、その意味を考える。だがその後、果たして自分の研究が世の中でどう評価されるのかは、最終的には神のみぞ知る。我々は最後、祈るしかないのである。

この言葉を聞いたとき、目の前の二十七インチのモニターには、実験データが美しい図となって映し出されていた。

「この言葉は順番が大事なんだ。山村先生もそうおっしゃっている。『夢見て考え、行って祈る』ではないんだ」

谷口は作業の手を止めて、こちらを見ないままそう言った。

普通は、考えてから行動する方が正しい順番なように感じるものだ。まずは夢見て、じっくり考えて、そして行動する。しかし、その逆だ。谷口が言う「順番の大切さ」を今の自分なら身をもって実感できる。考え込んでいたら、結局なにもせずに終わってしまうことが多い。夢見たら、考えるより先に、まず行う方がいいのだ。

ぼくは谷口の横で実験ノートを手に抱えたまま話を聞いていた。

「人間の体は、ぼくらが想像できないような現象で溢《あふ》れている。我々凡人の頭で考えて分かるはずがない。実験を行い、その結果を〝汚れのない目〟で見つめることで、本当の答えが見えてくるんだよ。結果を見て、あらゆる可能性を考えるんだ。細胞たちが見せてくれたわずかなヒントを見逃さないように」

そこまで言うと、谷口はまたマウスに手を戻した。モニターでは、図の横のフォントが少し大きくなったり、右に移動したりしている。

「美しい図を作るように」そう言って谷口は会話を終わらせた。

谷口がよく口にしていた「美しい図を作るように」という言葉は、息を呑《の》むほど整った彼の図とともに記憶に残っている。そんな谷口が世に出した論文の細部には、確かに神が宿っていた。

●

研究は競争である。

「大塚くん、エジンバラで行われる国際学会に演題を出してみなよ」

谷口からそう声をかけられたのは、谷口研に合流して二年が過ぎた頃であった。

「今、大塚くんがやっている肥満細胞の研究、良い線行っていると思うんだよね」

「はい、分かりました」

二つ返事をして自分のデスクに戻り、ぼくは英語での抄録作成に取りかかった。翌週には、じっくりと練り上げた研究内容を谷口に提出した。すると半日もせずに、全ての文章に変更履歴がついたワードファイルが送り返されてきた。履歴のせいでスクロールが重くなった文章を読み、自分の文章がほぼ残っていないことを確認した。サイエンスに対する熱量と実力の差を見せつけられた瞬間であった。

――この世界で戦うには、もっと努力しなくては。

ぼくは気を引き締め直して原稿を修正した。そして、学会のホームページにその原稿をアップロードした。

中世の建物を現代風にアレンジした学会会場は、丘の上にそびえ立つエジンバラ城から、歩いて二十分の距離にある。重厚な建物の中に入ると、フルーツの香りがほのかに漂う。目の前の吹き抜けに丸テーブルがいくつか並び、その上にリンゴやバナナがどさっと積まれたバスケットが置かれているためだ。その横をスーツ姿のアジア人が何人か足早に通り過ぎていく。ブロンズヘアの西洋人はTシャツにジャケットを羽織り、テーブルの横でリンゴを頬張《ほおば》りながら友人たちと談笑していた。

メインホールと書かれた部屋の扉を開けると、真っ暗な会場が広がっており、前方に白く光るスクリーンが見えた。横幅が六メートルほどあるそのスクリーンには、カラフルな細胞の写真と棒グラフが映し出され、スポットライトで照らされた演者は壇上から流暢《りゅうちょう》な英語で自慢のデータを説明している。スクリーンを挟んで演者の反対側に黒い布が掛けられたテーブルがあり、そこにはなにやら熱心にペンを走らせている二人の座長が座っている。一〇〇〇人近く入るであろうフロアに、整然と並ぶパイプ椅子。ぶ厚いプログラムを片手に、熱心に話を聞いている参加者。

今日の夕方、ぼくはこの会場で発表を行うのだ。

発表時間が近づくにつれ、緊張は高まった。会場から少し離れた人気《ひとけ》のない廊下で、壁に沿って並べられた椅子に座り、ぼくは最後の練習を行った。わずか七分の研究発表だったが、このために何十時間と準備に費やしてきた。発表スライドは、作成段階から谷口の厳しいチェックを経ている。読み原稿の作成、そして暗記、さらには想定し得る質問の内容とその答え、万が一、聴衆からの質問の英語が分からなかったときのための聞き直しのフレーズも全て、谷口の指導のもとで整えた。用意してきた全てをもう一度頭に叩き込んだ。

自分の心臓の音がバクバクと聞こえる。今にも吐きそうな気分だ。大きく深呼吸をしてから、小声で「よし」と気合を入れ、ぼくは巨大スクリーンが待つ会場へと向かったのだった。

発表が終わると、会場から拍手が湧いた。明かりがつくと部屋全体が照らされ、フロアにはマイクスタンドの前に一人の女性が立っているのが見えた。

「では質問をどうぞ」

座長の声とともに、その女性がマイクをトントンと叩く音が部屋に響く。

「Congratulations」

ブロンドヘアの女性は言った。学会では素晴らしい研究成果を発表したことに対し祝福の言葉を述べることがある。日本では馴染《なじ》みがないが、国際学会では時おり目にする光景だ。まさかこの言葉を自分がもらえるとは思ってもいなかったので、思い切り胸を張りたい気分だった。

女性は少し訛《なま》った英語で、実験に使った遺伝子改変マウスのことを聞くと席に戻った。ぼくがたどたどしい英語ながら質問に答えると、質問者が何度もうなずいている。

——やった、うまくいった。

「Thank you」と言って発表は終わった。


徐々に湧き上がってくる解放感を味わいながら、ぼくは壇上から降りた。するとすぐ目の前にブロンドヘアの女性が現れた。先程、ぼくの研究発表を聞いて祝福してくれた女性だった。

「私はドイツのK大学のマリア。あなたの研究はとても素晴らしかった。もしこの後、時間があるなら、私たちの研究室に来て、もう一回あなたの研究を発表してくれない?」

思わぬ誘いにぼくはびっくりして、「Thank you」と二回続けて口にした。

「残念ながらぼくはこの後、日本に帰らないといけないんだ。また次回ヨーロッパに来たときに、研究室にお邪魔させてもらうよ」

そしてこの日のために作成した英語の名刺を渡した。ブロンドの女性も「分かったわ」と言って、K大学助教授と書かれた名刺をぼくに差し出した。

——サイエンスは素晴らしい。サイエンスに国境はないのだ。

ぼくは沢山の思い出とともにエジンバラを去った。初めての海外での発表は大成功であった。

サイエンスは確かに素晴らしい。

今でもそう思う。一方で、そのときは知らなかった。サイエンスは素晴らしいが、とても厳しいということを。

ぼくがこの厳しさを思い知らされたのは、それから一年後のことである。

ある日、実験台で試薬を調整していたぼくは、谷口から「ちょっと」と声をかけられ顔を上げた。そこにはいつになく険しい表情の谷口が立っていた。谷口の表情が、これから話す内容の重大さを物語っていた。

「大塚くんの研究内容と似たような論文が出てしまった」

「え、ほんとですか？」思わぬ出来事に、ぼくは素っ頓狂《すっとんきょう》な声を出した。

谷口は軽く手招きをして自分のデスクに戻ると、「ほら」と言ってモニターに映し出されている論文を指差した。

そこには、ぼくが行っていた研究内容とまさに同じ趣旨の論文が掲載されていた。

「まずいですね」そうとしか言えなかった。

——先を越された。

研究ではしばしばあることだが、まさか自分の身に起きるとは思わなかった。どんなに素晴らしい内容の研究でも、二番目となれば価値はぐっと下がる。最悪の場合、これまでのデータがお蔵入りになることだってある。

「ぼくらの研究、論文になりますかね」

ぼくは心配になって谷口に尋ねた。

「まだざっとしか読んでないけど、着眼点は同じでも、細かなメカニズムは違っている。そういう点で論文になると思う。ただ、いくつか追加実験をしなくてはいけない」

最悪の事態を免れることはできそうだ。しかし、ぼくはポジティブな気持ちに切り替えることができなかった。世界で初めて証明したはずの輝かしい研究が急速に色褪《あ》せ、みるみるうちにありふれた論文へ変わっていくのを呆然《ぼうぜん》と見ることしかできなかった。

「世の中には同じことを考えている人が三人はいる。だからこの分野はスピードも大事なんだ」

谷口にしては珍しく怒っている様子だった。それはぼくに対する怒りというより、自分自身に対する怒りだと思った。一番を取られたこと、競争で負けたこと、競合相手の動きに気がつかず自分たちの論文を投稿できなかったこと。全てに腹を立てている様子だった。

それから深いため息をついて、勝負に勝った相手の研究業績を調べ始めた。研究論文検索サイトPubMedで責任著者らの名前を入れ、「あー、ここは昔から肥満細胞をやっているグループだ」とつぶやいた。

気を取り直してぼくは聞いた。

「どこの研究室ですか？」

「ドイツのK大学」

聞き覚えのある大学名だった。思い出した瞬間に、全身の血の気が引いた。それはまさにエジンバラの国際学会で「Congratulations」と言って声をかけてきたグループだった。

ぼくは震える声を抑え、

「エジンバラの国際学会で質問してきたグループです。ネタをパクられたかもしれません」と絞り出した。

谷口は返事をしなかった。そして、そのままモニターに映し出された競合相手の論文を、隅から隅まで食い入るように読み始めた。

しばらくの間、ぼくは谷口の横でただ立ち尽くしていた。とんでもないことが起きている。海外の競合するグループに自分たちの研究アイディアを盗まれた。それも、自分が事細かく競合相手に説明したから起きた事件だ。なんてことをしてしまったのだろう。

呆然とするぼくに、谷口は声をかけた。

「大塚くん、パクリではないよ」

そう言って、耳が腫れたネズミの写真の下にある文章を指差した。

「彼らはぼくらと違う遺伝子改変マウスを使っている。このネズミを作製してデータを出すまでには二年かかるだろう。大塚くんの発表を聞いてからでは間に合わない」

「でも、質問してきたドイツ人は、ぼくらのマウスについて事細かに聞いてきました」

「それは、ぼくらの研究の進み具合を知りたかったのだろう。たぶん、彼らも遺伝子改変マウスを使って同じテーマの研究を進めていた。それが、全く違うマウスを使って、自分たちと同じ現象を発見した若手の日本人が現れたから、びっくりしたに違いない。こちらの進捗とデータの内容、論文の発表時期までを確認した上で、競争に勝とうとしたんだ」

「それってフェアじゃないような気がします」

ぼくは少しムキになって言った。

「そうだね、フェアではない。でもルールを破っているわけでもない。ぼくらが彼らの研究より早く論文を仕上げていれば、なにも問題はなかっただけだ」

「とても残念です。良いデータだったのに。彼らが出した論文と同じなら、世の中の役に立たないですね」

ぼくは自分が発した言葉のとげとげしさに自分で慌てた。

「そういえば、大塚くんは役に立つ研究をしたいと言っていたね」

皮膚科一年目のあのときに交わした会話を谷口は覚えていた。

「役に立つ研究をしようと思うと、役に立たなかったときにとてもがっかりする。きっと今回がそうだね」

ぼくは静かにうなずいた。

「基礎研究が役に立つかどうかなんて、ずっと先まで分からない。今回みたいなことだってあるし、もしかしたら全く意味のない発見をしてしまうことだってある」

モニターを見ると、皮膚の写真のページで止まっていた。

「もちろん、将来的に患者さんの役に立つ研究ができたら嬉しいし、ぼくもしたい。でも研究をやっているときは、研究そのものを楽しんだ方がいい。自分が知りたいと思う現象を追究し、それを証明することで喜びを感じるんだ」

改めて谷口は、ぼくの方に体を向けた。

「それでも研究は競争だ。今回負けた悔しさをお互い忘れないように頑張ろう」

谷口は軽くポンポンとぼくの肩を叩き、それからまた競合相手の論文データを、真っ赤になった眼で見返していた。

研究者であれば、世の中の役に立つ研究をしたいと、程度の差はあれみな思うはずだ。ただ、全ての研究が世の中の役に立つわけではない。今のぼくには、「自分の知的好奇心を大事に、研究を楽しむことが重要だ」という言葉が深く沁みた。

悔しさを胸に、ぼくは谷口のもと、その後寝食を惜しんで研究に勤《いそ》しんだ。

その日から八年後、谷口とぼくは新しいアトピーの薬の開発に成功する。役に立つかどうかはさておき、好奇心に突き動かされた研究、しかし、心の奥底では誰かの役に立つことを祈っていた研究成果は、最高の形で患者に役立つものとなった。

エジンバラの学会から十年後、K大学医学部皮膚科学教室の教授選考が始まった。高橋教授の定年退職に伴うものだった。

投票にて結果が決まるその日は、医局全体がソワソワしていた。

一見普段どおり行われていたカンファレンスも、会話間の沈黙が普段よりわずかに長い気がする。全員が少しだけ遠慮をして発言している。積み重なる小さな気遣いが、医局員全体の緊張を的確に表していた。

この日、新しい教授が決まる。教授選がどのように行われ、ぼくら医局員にどうやって結果を知らされるのか、医局長になったばかりのぼくには分からず、なんなら当事者の谷口すら理解していない様子であった。

そう、本命だと噂されているのが、ぼくらの上司であり先輩である谷口准教授。K大学の生え抜きだ。業績も実績も人望もある。パーフェクトな教授候補だ。

——これで負けるはずがない。

しかし、単純にそう信じられるほど教授選は甘くない。

ぼくらが想像できないようなファクターXが教授選には存在し、時にそれが決定打となり致命傷となることを、ぼくは他大学で起きたいくつかの事例で知っていた。

対抗馬は地方国立大のI教授。五十代前半でグレーヘアが似合うやり手の皮膚科医だ。旧帝大出身であるIは傍《はた》から見ても十分に野心的であり、さらなる飛躍のためにやはり旧帝大であるK大学のポストを狙っているようであった。

対抗馬のI教授が教授選で勝った場合、ぼくらのチームはおそらく解散となる。谷口はこの大学を去らざるを得ないだろうし、I教授はぼくら残党の粛清をすぐにでも始めるだろう。勝てば天国、負ければ地獄である。

大穴候補のHも忘れてはいけない。Hは谷口より一歳上のK大学の先輩だ。プレゼンが圧倒的に上手なのは、いくつかの学会で彼の発表を聞いてよく知っていた。知り合いの教授づてに聞いた話では、Hは教授選考委員会で、ぼくらチームの弱点を次々と指摘したらしい。その内容がぼくらをまたビビらせた。なにせHはチーム内のことを詳しくは知らないはずなのに、その指摘は全部当たっていたからだ。

——ひょっとしたらひょっとするかもしれない。次の就職先も考えておこう。

そんなことを考えながら、カンファレンス室の大型スクリーンに映し出された皮膚リンパ腫疑いの表皮を見つめていた。

一七時を回り、カンファレンスも盛り上がらないまま終了し、幹部だけのミーティングが会議室で始まった。

そこにいる全員が今日、これから教授選の結果が出ると知っていた。でも、そのことを口に出す者は誰もいなかった。

結果が何時に出て、ぼくらはいつそれを知ることができるのだろうか。

一八時を回り幹部ミーティングも終了したが、結果はまだ出ていない。

——ちょっと遅すぎやしないか？

教授選の投票が行われる教授会が何時から始まったのか、ぼくは知らない。議論が長引いているのか、投票に手間取っているのか、もしかしたら決選投票になっているのか、いろいろな可能性を考えながらオフィスルームに戻り、パソコンのメールをチェックし始めたとき、部屋の電話が大きな音をたてて鳴った。

「人事係の小川《おがわ》です。准教授の谷口先生はいらっしゃいますでしょうか？」

ぼくは大きく息を呑んだ。

「はい、少々お待ちください」

受話器を左手に持ったまま、斜め後ろの席に座っている谷口に声をかける。

「先生、人事係からお電話です」

谷口の眼に一瞬緊張が走ったのを、ぼくは見逃さなかった。

「もしもし――」

●

医者であればわりと耳にすることが多い「教授選」だが、実際にどのように行われるかを知っている者は少ない。

実は、教授選での選抜方法は、大学によって微妙に異なる。

一般的には、定年退職などで教授のポストが空けば教授選が始まる。前任の教授が退任した後に教授選を行う大学もあれば、辞める前に教授選を始める大学もある。前者の方法だと医局に教授不在の期間を長く作ることになり、現場が混乱するリスクを孕《はら》むが、後者の方法で行う教授選は、退職する教授の意向を受けやすく本当に良い人材が選ばれない可能性がリスクとして残る。

教授選となれば、まず、教授選考委員会が立ち上がる。審査や調査はこの委員会をメインに行われる。選考委員会は、医学部教授会から選考委員長一人と選考委員が数名、選ばれて結成される。

委員会が立ち上がると、書類選考へと進む。全国から自薦、他薦問わず、教授候補となる医師の履歴書や業績一覧が選考委員のもとに集まる。提出する書類は、履歴書や実績一覧に加え、代表的な論文数編のコピーや今後の抱負など多岐にわたり、合計で数十枚にも上る。書類だけで審査をされるわけであるから、教授選に出る人間は、臨床、研究、教育の三本においてこれまでなにをしてきたか、そして、これからなにをしていきたいのか、選考委員に向けて書類上で綿密にアピールしなくてはいけない。

書類選考だけで数カ月の時間を要する。そして、選考委員会は二、三人の最終候補者に絞る。

最終選考に残るだけでもかなり大変なことだ。なにしろ全国の猛者たちが「我こそは」と名乗りを上げるのが教授選だからだ。

こうして選ばれた最終候補者は、医学部教授会でプレゼンをすることとなる。誰が教授に一番ふさわしいかを決める最終決戦だ。

医学部の教授たちは、最終候補者のプレゼンだけで判断するわけではない。選考委員会からの意見を聞き、教授を決める投票へと進む。

臨床の教室に所属する教授と基礎研究の教室に所属する教授、それぞれが一票ずつ投票権を持つ。大学によって異なるが総数はだいたい三十票から五十票くらい。過半数を取れば勝ちだ。

こんなふうに長い時間と手間をかけて次期教授が決まる。

あの日、谷口が受話器を取るとともに、彼のiPhoneからけたたましい着信音が鳴った。

「ありがとうございます」

そう答える谷口の声を聞きながら、ぼくは腰の位置で軽くガッツポーズをした。自分事のように嬉しかった。いや、実際教授選は、チームのメンバーにとって将来がかかった自分事なのだ。

人事係とのやり取りは二、三言で終わった。ずいぶんあっさりとしたものだ。

谷口はすかさずiPhoneを取り出し、

「はい、今決まりました。ありがとうございます」

と、お礼の言葉を口にした。おそらくどこかの支援者からの着信だったのだろう。教授選では学内の支援者が必要だ。それは時に選考委員であったり、それに近い人物であったりするのだが、その詳細が当事者以外、周りに漏れることはない。

「おめでとうございます」

谷口が電話を切るやいなや、ぼくは声をかけた。

「ありがとう」

その日、朝からかすれて低く感じていた谷口の声は、少し高めで軽い、聞き慣れた音に戻っていた。

燃えさかる悪意

それから四年後、今度はぼくの番がまわってくるのである。

「T大学のI先生が来年で定年退職となる。大塚くん、教授選に出てみないか」

と谷口教授に声をかけられ、ついに教授選に出ることとなった。

真っ黒でドロドロした野心がうごめく世界。

かつて鬱に追い込まれ、谷口のもとで見事回復したぼくは、あのとき以上の苦しみはもうないだろうと考えていた。万が一同じような状況が訪れても、うまく乗り切ることができる。そんな自信さえあった。

しかし現実は違った。あのときとはまた違う苦しみを、その後何年も味わうことになる。ぜひみなさんにも、真っ黒な白い巨塔の世界を知ってもらいたい。

火のないところにも、煙はしっかり立つ。苦しくも熱くもない煙のような噂話が充満し、それがジワジワと酸素を奪っていく。

——ああ、これが白い巨塔か。

気がつけばぼくは、燃えさかる悪意の中に一人ポツンと取り残されていた。

●

「大塚先生、変な噂が流れていますよ」

書類選考が無事に通り、いよいよ翌週にプレゼンを控えた週末、ぼくのもとに連絡が入った。

「変な噂って何でしょうか？」

「大塚先生は性格が悪いと言いふらされているようです」

「はい？」

ぼくは思わず聞き返した。あまりにも突拍子もないこの噂話を理解するまでに、少し時間がかかった。

教授選に応募したぼくには、黒い洗礼が待ち受けていたのである。

電話をくれたのは、S大学でかつてお世話になった蒲田寛《かまたひろし》教授。蒲田はぼくがS大学を卒業後に、T大学の教授として働いていた。ヘッドハンティングだったらしい。すでに六十歳を超え、定年が近くなった蒲田はぼくがT大学の教授選に出ているのを知り、わざわざ電話をくれたのだ。それにしても「大塚は性格が悪い」という噂は滑稽だった。

――小学生の悪口のようなこと、誰が真に受けるんだ。

ぼくはそう思った。そもそも性格の良し悪しは個人の主観によるところが大きい。相性だって大いに影響する。具体性のないふわふわした要因を教授選に持ち出すのは、はなからおかしい。

「大塚くんはとても性格が良い」

かつて単身赴任の官舎で一緒に鍋を囲んだこともある蒲田は、笑いながら親しみを込めて「大塚くん」と言った。蒲田はS大学にいたときから、優しくて穏やかで面倒見の良い教授であった。

「大丈夫だと思いますが、あまりにも噂が先行している気がします。大塚先生と少しでも話せばお人柄はちゃんと伝わると思うんですが……」

「教えていただき、ありがとうございました」

心配そうな恩師の声が、電話を切った後も耳に残った。

錯覚だろうか、ぼくの周りを黒い煙が取り巻いている。しかし、苦しくもないし、熱くもない。大丈夫だと、言い聞かせるように首を振った。


教授選の投票日、ぼくは自宅にいた。アメリカで開催された国際学会から帰ってきたばかりだった。

結果の通知方法は聞いていない。しかし、ぼくが経験した谷口の教授選と同じであれば、電話がかかってくるはずだった。いや、待てよ。自分の携帯の番号を履歴書に書いただろうか。いったいどんなふうに電話がかかってくるのだろう。ぼくはそわそわと落ち着かず、リビングを歩き回り、ときにソファに座ったり立ったりを繰り返した。

結局その日、携帯電話が鳴ることはなかった。

翌日、一枚の紙切れとともに、書類選考に出した論文のコピーや履歴書が返送されてきた。

「このたびはご意向に添えず――――」

ぼくの初めての教授選は、こうして幕を閉じたのだった。


しばらく経ったある日、ぼくは教授選の内情を知ることとなる。十五年ぶりに恩師の蒲田とご飯を食べに行く約束をしていたその日のことだ。

真っ黒だった髪の毛が全て白髪に変わり、若干猫背になったものの、蒲田の優しい面影は昔のままだった。昔話に花を咲かせ、酔いも回ってきた頃にT大学の教授選の話となった。

「今回は残念でしたね。でも、大塚くんの業績は、候補者の中で一番でした。それにプレゼンもとても良かったです」

教授選に負けたことで落ち込んでいた中、蒲田の言葉はとても嬉しかった。

「大塚くんはまだ四十代です。諦めずに頑張ってください」

「ありがとうございます。やはりぼくは若すぎたのでしょうか？」

「いいえ、そんなわけではないと思います。他の二人の最終候補者も、大塚くんと同じくらいの年齢でした」

ぼくはため息をついた。他の候補者の年齢についても噂では聞いていた。ただ、ぼくは年齢のせいで落ちたと信じたかった。

「じゃあ、なんでダメだったんでしょうか？」

「あ、あの、噂話が投票に影響したみたいです」

「……噂話って」

「そうです。先生は性格が悪いというあれです」

そう言って蒲田はハイボールを口にした。今まで見たことのないような厳しい表情であった。

言葉が出なかった。しばらくすると、徐々に怒りが体の中に湧き上がってきた。

そんなことが本当にあるのか。そんな噂話で教授が決まるのか。

これは悪意だ。苦しくもなく熱くもない、息をかければ吹き飛ぶようなうっすらとした煙。いつの間にか充満し、呼吸を奪う、悪意の煙。

目の前に白い巨塔が立ちはだかっているのを、肌で感じた瞬間だった。

どこか遠くで高笑いしている大人たちの声を、ぼくは確かに聞いた気がした。

「大塚は性格が悪い」

教授選が終わった後も、蒲田の言葉が耳に残っていた。教授選は、噂話で結果を大きく左右されるものだ——小学生の悪口のような悪意に振り回され、痛いほど身に沁みて感じたことだった。

誰かが憶測で喋《しゃべ》ったことが、いつの間にやら真実となり、同業者に拡散する。初めての教授選終了後、ぼくが敗れたことは、あっという間にそこらじゅうに広まった。

「残念だったね」

優しく声をかけてくれる友人。

「まだ若いから次がある」

不甲斐《ふがい》ない自分のことを気をかけてくれる先輩もいる。

「惜しかったね。一票差だったらしいぞ」

——え？　なぜ票数まで知っている？

教授選の得票数は一般に公開されることはない。関係者から直接聞かないと知り得ない情報だ。ぼくも後日、蒲田からこっそり教えてもらったから知っていたが、肝心のT大学から知らされることはなかった。

それにしても噂話は恐ろしい。

決して友人とは言えない距離感の、単なる知り合い程度の医師にまで教授選の詳細が広まっていた。

そしてなによりぼくが恐ろしいと感じたこと。

噂話というのは、それが嘘《うそ》であったとしても、それらしく伝わるということだ。

先の教授選の得票数、ぼくは一票差で負けたのではなかった。実際は、ダブルスコアの票差が付いていた。


その頃、あちこちでぼくのことを語る自称情報通が増えていた。

こんなことがあった。後輩の萩原聡《はぎわらさとし》の話だ。

まだぼくと出会う前の研修医だった頃、萩原は見学先の病院で、指導医からぼくの噂話を耳にしていたというのである。

「他にどこか病院見学に行くの？」

病院を案内してくれた指導医のHは、萩原に聞いたという。

研修のシステムは、ぼくが医者になった時代と変わっていた。医学部を卒業して、医局に直接入局する時代は終わり、まずは内科や外科などで研修する「スーパーローテート制度」が導入された。これにより、興味がある診療科があったとしても、医学部を卒業してそのまま希望の医局に入ることができない。研修医として総合的な知識を身に付けながら、専門とする分野を探すことになる。

萩原は皮膚科医になることは決めていたが、まず入る医局をどこにするかはまだ決めていなかった。

かたや医局にいる側の人間にとって、後輩の勧誘は重大任務だ。なにせ、後輩が何人入局するかによって、自分の仕事量が変わる。沢山の新人が入れば、大学病院での自分の雑用は減り、少ない人数であれば当直の回数が増える。

そんなわけでHは、探りを入れたようだった。

「ぜひ、うちの医局に入ってほしいんだけど、他にも候補考えている?」

「K大学に見学に行きます」

「ああ、大塚先生のいるところね」

「大塚先生？」

ぼくと出会う前の萩原は、まだぼくのことを知らない。

「大塚先生と仲良くしてるんだけどさぁ」

指導医のHは続けたという。

「性格が悪いと言われてるらしいんだよね。でも、俺はそんなふうには思わないな」

のちにすっかり仲良くなった萩原が、その指導医との会話をぼくに教えてくれたのは、彼がK大学皮膚科に入局し、ぼくの後輩になった後だ。

「だから大塚先生のこと、怖い人だと思ってました」

萩原は後日、笑いながらぼくにそのエピソードを話した。

——そりゃそうだろう。

研修医が変な噂話を耳にすれば、怖がるのも無理はない。

「それで、そのぼくと仲良いと言ってた先生って誰？」

ぼくの問いに対する萩原の答えを聞いて、また怖くなった。

なぜならその指導医Hは、学会の懇親会でたった一度、近くに座っただけの人だったからだ。

教授選に勝つためにはどうしたらいいのだろう？　恩師でありT大学の教授でもある蒲田の話では、業績ではぼくが一番だったらしい。業績というのは、いわゆる研究業績でありインパクトファクターと呼ばれるものだ。

ぼくらは研究論文を専門誌に発表する。その専門誌にはインパクトファクターと呼ばれる点数がついている。この数字が高ければ高いほど、世界に強い影響を与えた研究であることを意味する。自分が書いた論文や、共同研究で名前が載った論文、掲載された全ての雑誌の合計インパクトファクターが研究業績となる。教授選に出るような人間は、おおよそ二〇〇とか三〇〇のインパクトファクターを持っている。ぼくはその頃、五〇〇ほどのインパクトファクターを持っていた。

「業績はダントツでした。あとはあまり目立たない方がいいでしょう」

蒲田との会話を思い出した。

「目立たない方がいいとはどういうことでしょうか？」

「新しい教授には優秀な人が来てほしいとみんな思っています。それと同時に、自分の後任に、自分より優秀な人は来てほしくないと考える教授もいます」

「そんな……器が小さい」ぼくは不満たっぷりに言った。

「みんな口には出しません。でも内心そう思っている教授はいます。教授になる前から目立っているような人間は、教授としてふさわしくない、そう考えている教授は多いと思います」

なんだかとても残念な気がした。組織の発展のためには、自分より優秀な人間に跡を継いでもらうのがいいはずだ。それを小さなプライドで阻《はば》み、しまいには根も葉もない噂話で対抗馬を潰そうとする。

高橋、谷口と、ぼくは良い教授に恵まれ、指導を受けてきた。また、大学からの恩師である蒲田はいつまでも優しい。一方で、前野のような教授も医学部にはいる。教授といえどもさまざまだ。

それこそ、ザ・白い巨塔と思わせるような教授だって存在する。


地方の学会に特別講演の演者で呼ばれたときのことだ。

繁華街から車で十分ほど離れた小さなレストランで懇親会は行われた。学会は盛会のうちに終了し、運営に関わった医局員全員に安堵《あんど》の表情が見て取れた。

地方会の座長を務めた教授がテーブルに着くなり口火を切った。

「ワインリストを持ってきて」

ネクタイの色がロマンスグレーの髪と同じなのは、決してたまたまではない。この教授に限って、偶然は存在せず、全ての言動に意図がある。ちりばめられたヒントに細心の注意を払い、読み解くことが、この教室の医局員の重要な仕事だ。粗雑に飼われている猫のような目をした医局長は、教授の次の言葉を待っていた。

「スプマンテのフェッラーリで乾杯しようか」

「はい、承知いたしました」

教授を中央に、医局長、まだ自己紹介を終えていない女性医師二人、講演者として呼ばれたぼくの五人は同じテーブルに座り、声を落として乾杯した。

「今日の講演面白かったよ」

教授の持つシャンパングラスの底から、細かな泡がまっすぐ途切れなく上る。

「ありがとうございます」

「それにしてもこの間の教授選は残念だったね」

教授はどちらかというと小柄なのだが、ときに大男のように見える。

「自分なりに精一杯頑張ったのですがダメでした」

「あれはもともと出来レースだったんだよ。教授選に出る前に一声、私に相談してくれればよかったのに」

まっすぐにぼくの目を見て言った。

隣に座っている医局長はバツが悪そうな笑みを浮かべた。彼も教授選の顚末は聞いているようだった。

ぼくは動揺していることを感づかれないように、教授の目をまっすぐに見つめ返した。そこには本音とも建前とも判断がつかぬ真っ黒な空洞があった。

教授選の話はできれば避けたい。それはまだ傷の癒えていない出来事だった。ぼくは失礼を承知で、思い切って話題を変えた。

「先生の医局は産休明けの女性医師さんもほぼ復帰されているみたいですが、なにか特別なサポートをされているのですか?」

ここの医局は離職率が低いことが自慢すべきポイントであると、移動中のタクシーの中で医局長から話を聞いていた。酒の力も借り、ぼくは教授にストレートに質問を投げかけた。

「ああ、簡単だよ」

ゆるくかかったパーマはしっかりと固められていて、ピクリとも動かない。

「私に逆らったら、この県では医者を続けられないからね」

ぼくはできる限り上品に笑った。

教授の左隣に座る女性医師は、静かに視線を落とした。反対側に座るもう一人の女性医師は、教授がなにを言ったか聞き取れていなかったようだ。

ぼくの隣の医局長は気配を消していた。

ふと、教授の目が一切笑っていないことに気がついてゾッとした。

ぼくは慌ててスプマンテを喉の奥に押し込んだ。

帰り道のタクシーも医局長と一緒だった。

「うちの医局は簡単に辞められませんから」

諦めたように笑う医局長の目も、全く笑っていなかった。

教授選を終えた後の心境は最低だった。さらに、敗因が根も葉もない噂と知った日には、どこにぶつけていいか分からない怒りが加わった。

いつからかぼくは、やり返すことばかり考えるようになった。悪い噂を流してぼくを潰そうとした連中に対する復讐《ふくしゅう》。

悪意への復讐だ。

しかし、怒りの感情を長く持ち続けることは難しい。教授選の結果が噂話で左右されるのならば、いくら頑張っても報われることはない。月日とともに復讐心は徐々に消えていった。

「医局辞めようかな」

一つ年下の妻と小学生の娘と夕食を食べながら、ぼくはポツリとつぶやいた。

「うん、いいと思うよ」

妻は大皿に盛り付けたハンバーグをフォークで取り分けながら返事をした。

「千葉の実家に帰ってさ、小さなクリニックを開業しようと思う」

娘は携帯の画面に夢中になっており、「食事中はやめなさい」と妻に注意されている。

「私はどこでも生活できる。鳥取もついていって楽しかったし」と言うのに重ねて「携帯を取り上げるよ」と娘に言った。

「前野先生のところで研究しているときも辛そうだったし、あなたは大学病院が合わないんだと思う」

ぼくは黙って妻の話を聞いていた。

「あのとき、高橋先生や谷口先生が助けてくれたからよかったけど、この先は自分で決めないといけないでしょ」

「そうだね」

「今だから言うけれど、あのままあなたが鬱で家に引きこもっていたら、私この子を連れて離婚するつもりだった」

そしてこちらを見ずに、あさりの入った味噌汁《みそしる》に口を付けた。

——離婚か。

家庭を壊してまで、医局に残る理由はなんなのだろうか。そこまでして教授になってなにがしたいんだろうか。本当にぼくの人生はこのままでいいんだろうか。

次の日、迷いに迷った挙げ句、ぼくは一通のメールを谷口に送ることを決めた。普段の仕事のメールに付け加える形で、違和感がないようにできるだけ自然な言葉でしたためた。

何度も読み返し、句読点を付けては外しを繰り返し、最終的にはたったの一行にまとまった。

さすがに指が震えた。

ぼくは深呼吸とともに送信ボタンをゆっくりと押した。

「今年度末で、千葉の実家に帰って開業しようと思います」

自分が医局を辞めるなんて、昔の自分からは想像がつかないことだった。

●

それはまだぼくが医者一年目だった頃、結婚する前の妻が初めてアパートに泊まりに来た次の日の朝のことだ。ぼくは初めて医者として死亡確認をした。

同じ病棟で看護師として働く佳代《かよ》とは、一年目の夏頃からなんとなく一緒にご飯を食べるようになり、その日は近くの牛丼屋で夕食を済ませた後、手をつないで鴨川沿いを歩いて帰った。

「じゃあ、また病院でね」

朝七時過ぎに、佳代は玄関を開けて先に出ていった。看護師の朝は研修医のぼくよりも少し早かった。

八時過ぎにぼくも部屋を出て、鍵をかける。十二月の京都は寒い。凍《こご》える手を揉《も》みながら病棟横の研修医室に着くと、珍しくその日は一番乗りだった。いつもは朝一番に来ているはずの宇山の姿はそこにはなかった。

宇山は名古屋出身の二十四歳。現役でH大学医学部に入学したため、ぼくよりも二歳若い。高身長イケメン、カラオケではいつもＴＯＫＩＯの「AMBITIOUS JAPAN!」を歌っていた。

谷口を囲んで将来を語り合ったあの日、宇山は、「オレは手術ができる皮膚科医になりたい」と語っていた。

そんな宇山はいつも、誰よりも早く病院に出勤し、入院患者を診てまわっていた。

「あいつが遅い日なんてあるんだな」

そう思ってぼくは外来へと向かう。今日は先輩医師から依頼された患者たちの処置を朝から担当する日だった。

水虫患者の爪を切り、紫外線治療装置のボタンを押して、皮膚がんが疑われる患者の皮膚に麻酔をした後に、四ミリほど切除した。そうこうするうちに、あっという間に時計は一一時を回っていた。

「ねぇ、大塚くん、宇山くん知らない？」

基底細胞がんの疑いがある患者の生検内容をカルテに入力している横で、同期の横《よこ》山《やま》が声をかけてきた。

「PHS《ピッチ》に電話しても出ないし、研修医室に見に行ったらまだ病院に来てないみたいなんだけども」

「携帯は？」

「電話したけどつながらない」

「電源が入ってない？」

「ううん、出ない」

ぼくは嫌な予感がし、カルテを入力する手を止めた。

「電話の呼び出しはできるけど本人が出ないってこと？」

「そうなの。寝坊なら起きるはずだよね」

「心配だな。オレ、ちょっと家見てくる。外来処置お願いしていい？」

「うん。なにか分かったらすぐ連絡して」

ぼくは白衣を脱ぎ捨て、大慌てで自転車置き場へと向かった。


宇山のアパートに着くと、すぐさまにベルを鳴らした。

中からの応答はない。

携帯の電話を鳴らしてドアに耳を当ててみるものの、部屋の中から呼び出し音は聞こえてこない。恐る恐るドアノブを引いてみたが、鍵はかかっていた。

いったいどこへ行ったのだろう。もしかして実家で急な用事ができて、ぼくらに連絡する間もなく家を出たのだろうか。

その時、プルルとポケットの携帯が鳴った。

「もしもし大塚くん、横山だけど」

「もしもし、今宇山くんの家まで来たんだけど、誰もいないみたい」

「高橋教授が宇山くんの実家に電話をかけてくれてね。こっちでも連絡取れないから警察に相談してほしいって」

「え、警察に？」

「うん、宇山くん不整脈の薬を飲んでいるんだって。なんか心臓に病気があるみたい」

そういえば、前日、宇山が研修医室で血圧を測っているのを見かけた。首を傾《かし》げる宇山には声をかけずに、ぼくは佳代との約束のために部屋を出たのであった。

「宇山くんのお父さんも急いでこちらに向かっている。実家の名古屋からは二時間くらいはかかりそうだって。もし部屋で倒れてたら、急いで救急車を呼んでほしいって」

そう言って横山は電話口の向こうで泣きだした。

ぼくは再び全力で自転車を漕《こ》ぎ、近くの交番に駆け込んだ。

「友人の家の鍵を開けてほしいんです」

「なにを言ってるんだ。そんなことできるはずがないでしょう」

横柄に警察官は答えた。

ぼくは怒りを堪《こら》え、息を整えて説明をした。

「友人は医者なんです。いつも朝一番に来るはずの彼が病院に来ていないんです。電話もつながらないし、実家のご両親も友人と連絡が取れない。もしかしたら家で倒れているかもしれない」

それ以上言葉が出ず、ぼくは黙り込んだ。目頭に熱いものを感じた。

その様子を見て、ようやくこれは深刻な事態だと把握したのか、警察官は先程とは表情を変え、「署の者を一緒に向かわせます」と答えると、内線でどこかに電話をかけたのであった。


アパートの部屋の前で、ぼくと三十代の警察官は、鍵屋の中年男性がドアロックを解除するのを待っていた。

ぼくは佳代に「まだ分からないけど、嫌な予感がする」とだけメールをした。今はただただ祈りながらドアが開くのを待つしかなかった。

「開きました」

カチッという扉の音とともに鍵屋の男性は言った。それからドアノブをまわしてぐっと引っ張るとすぐにガタッと大きな音をたて、「あっ」と鍵屋は声をあげた。

ドアには内鍵がかけられていた。

わずかに開いたドアの中から、かすかに目覚まし時計のアラームが響く。

「ダメだ」ぼくは廊下にしゃがみこんで顔を覆った。

そのまま鍵屋は手際よく内鍵を開け、横をさっと警察官が通り、部屋の中へと確認に行った。

「頼む、生きていてくれ」ぼくは心の底から神に祈った。

携帯には佳代から「なにがあったの？　宇山くん大丈夫？」という連絡が届いていた。


その日、ぼくは大学病院に戻り、高橋教授の前で泣いた。夜八時頃に再び警察に向かうと、眼を真っ赤に腫らした宇山の両親と対面した。それからアパートに帰り、もう一度、部屋で一人泣いた。

佳代からは何通も「大丈夫？」とメールが来ていたが、ぼくは返事をする気になれなかった。もう少し早く発見していれば助かったかもしれない。前日に首を傾げる宇山に気がついていながら、なにも声をかけることができなかった。宇山を救える場面は何度もあったのではないか。そう思うと自分を責めても責め切れない気持ちになった。布団で冷たくなっていた友人の姿と、警察官に促されて死亡宣告を行った自分の声が、五感にしっかり焼き付いていた。

宇山の死後、ぼくは自分に約束したことがある。

一パーセントでもいいから、病気を治す確率を上げるために努力しよう。

宇山の両親の深い悲しみを思えば、彼の遺志を汲《く》んで、などというおこがましいことは言えない。ぼくはぼくの人生でできることをしっかりやる。悔いのないように生きる。

将来良いチームを作って、新しい治療法を開発する。困っている患者を助けられるように、あらゆる方面で汗をかく。宇山が救うはずだった分の患者まで、ぼくは救わなければならない。

黒すぎる巨塔

大学病院から離れようと谷口にメールした後、ぼくは今の自分にできることはなにか考えていた。研究は大学から離れたらもうできない。しかし、患者を診ることはどこでもできる。

そのとき、鳥取の病院で会うことができなかった重症アトピーの赤ちゃんのことを思い出した。

――正しい医療情報の発信をしよう。

蒲田教授からは「目立たない方がいい」と言われていたが、それは大学で教授になろうとした場合の話だ。教授選に出なければ、目立つ目立たないはもう関係ない。なにせぼくはもう大学病院を辞める身だ。

慌てて出版社に勤務する友人に連絡を入れた。

「医療関係の本を書きたい。誰か紹介してほしい」

すぐに返事が来た。

「分かった。知り合いの編集者を紹介する。ただし――」

普段はそんな言葉を使わない友人が続けた。

「紹介するからには中途半端なことはするなよ」

「ああ、もちろんだ」

自分がどんな人間で、どういった内容の本を作りたいか、スライドにまとめた。軽く冗談も言えるように、遊びのスライドも用意した。万全の準備ができた。

教授選のプレゼンに比べたら、これくらいの緊張感はたいしたことない。

ジリジリと日差しが照り付けるある夏の日、ぼくは出版社がそびえ立つ東京・築地へと向かった。


エスカレーターを上った二階の受付で、ぼくは自分の所属と名前を用紙に記入し、編集者との面会があると告げた。

待合のソファに座って五分ほど経った頃、一人の長身の男性がこちらに向かって歩いてきた。

「大塚先生でしょうか？」

「はい」

「編集部の岡田《おかだ》です。こちらへどうぞ」

そう言うと、足早に受付の横にある階段を上がり、一番手前にある会議室と書かれたドアを開けた。

「もう二人来ますので、少しお待ちください」

「はい」と返事をして、ぼくは鞄《かばん》からパソコンを取り出し、準備していたパワーポイントファイルのアイコンをダブルクリックした。


三人の編集者を前に、ぼくがこれまでなにをしてきて、どんな本を書きたいのか、一時間近くかけて熱弁をふるった。友人の紹介とはいえ、相手もプロだ。和やかな雰囲気の中、厳しい意見も飛ぶ。

「先生のアイディアで本を出版しても売れないと思います」

編集者の岡田が言った。

しかし、それくらいで諦めてはいけないことは、谷口のもとで基礎研究を通して学んでいた。別の角度から切り込み、相手にとって魅力的に聞こえるように、アイディアを説明する。少しずつ編集者たちの眼に興味の色が浮かんでいっているのが確実に伝わってくる。

そして、ついに大きなチャンスをもらう。それは思ってもみなかったオファーだった。

「うちが新しく作ったWEBサイトがあるんですけどね」

「はい」

ぼくは少しうわずった声で返事をした。

「医療系のWEB記事を書いてみませんか?」

医者となって十五年目の夏、ぼくは大きな転換期を迎えることとなる。

その年、大手出版社が運営するWEB媒体に記事を投稿することとなった。子供の頃、一人病室で思い描いていた本を出すという夢に、大きく近づいた気がした。

WEB記事には、ぼくの顔写真とプロフィールが載る。

ぼくは鼻息荒く、プロフィール欄に作家と書き、そしてすぐに消した。さすがに一冊も本を出していないのに作家はおかしい。悩みに悩んだ末、ぼくは自分にコラムニストという肩書を付けた。

その年の秋、京都大学の本庶佑《ほんじよたすく》先生がノーベル生理学・医学賞を受賞した。山中伸弥《やまなかしんや》先生以来のノーベル生理学・医学賞で、日本中が沸いた。

ノーベル生理学・医学賞の発表の日は、今でも鮮明に覚えている。

ぼくは自分が候補者でもなんでもないただの医者であるにもかかわらず、朝からずっとソワソワしていた。

理由は二つある。

一つは、ぼくががん免疫療法の基礎研究を行っていたからだ。谷口のもとで皮膚免疫の基礎研究を学んだぼくは、スイスに留学し、がん免疫の基礎研究を新たに学んでいた。留学する前年、「がん免疫療法であるCTLA-4阻害剤が、悪性黒色腫に効果がある」という研究報告が、世界最高峰の医学雑誌である『The NEW ENGLAND JOURNAL of MEDICINE』に掲載された。アレルギーの研究を行っていたぼくは、迷いながらも新しい分野の開拓にチャレンジした。

その後、ぼくのがん研究は、エジンバラの学会でのアレルギーの研究のようなインパクトのある発表はできなかったものの、確実に皮膚科分野では業績を挙げていた。自分が精魂込めて挑んだ分野での日本人のノーベル賞受賞は、嬉しいニュースだ。もちろん、ぼくの研究は末端の枝葉にすぎず、がん免疫の本幹の研究をずっと行ってきた研究者たちの足下にも及ばないことは十分に承知の上でも、だ。

ノーベル賞発表の日にソワソワした理由の二つ目は、Yahoo! JAPAN への配信記事である。

大手出版社で記事を書くことを許されたぼくは、コラムニストとしてがん免疫の解説を詳しく行った。

がん免疫療法の重要分子であるPD－1とはなにか？

新薬オプジーボとはなにか？

ノーベル賞発表の直前にその記事は配信され、Yahoo! JAPAN のトップにぼくの顔写真とともにデカデカと掲載された。

その記事の中で、ぼくはその年のノーベル賞受賞者を予想していたのだ。「PD－1を発見した本庶佑先生とCTLA－4を発見したジェームズ・アリソン先生のお二人でしょう」と。

みなさんがすでにご存じの通り、結果はドンピシャだった。後から考えれば、なにも難しくない予想であり、いつかはこのお二方が取るだろうと誰もが考えていたことである。ただ、その年の九月末、ノーベル賞発表直前にこの二人を予想した記事を書いたのはぼくだけだった。

二〇一八年十月一日、ぼくは外勤先の病院でそのときを待っていた。

ノーベル生理学・医学賞の発表は一八時三〇分。その日に限って受付患者さんが多く、ネットニュースを見る余裕もなく時間が過ぎていった。

一八時二五分、二六分、二七分――診察室の正面にある掛け時計は刻々と時間を刻む。

水虫患者の検体を顕微鏡で覗き、糸状菌をしっかりと見つけたときに一八時三〇分が来た。

だれがノーベル賞を取ったんだろうか。カルテ記入も上の空だった。

数分後、ぼくの携帯はポケットの中でブルブルと無音で鳴った。何度も何度も携帯が震えた。

堪えきれずに診察をやめ、ズボンのポケットから携帯を取り出す。出版社からの連絡があり、LINEには「すごい！」の文字が並んだ。予想通り、本庶佑先生とジェームズ・アリソン先生のお二人がノーベル賞を受賞したのだ。

関係者以外で、ノーベル賞発表の時間にこんなに電話が鳴った人間は他にいないのではないだろうか。

こんなふうに、デビューしたてのコラムニストは、いきなりホームランを飛ばすこととなったのである。

その後は、インターネットやテレビ、雑誌の取材が舞い込んだ。医師兼コラムニストとしてメディアへの露出が一気に増えたのであった。

●

「目立つな」と言われていたぼくは、医学とは別の、医療情報発信という分野で目立つことになった。目立とうが目立つまいがもう関係ない。ぼくは医局を辞める。しかし、そんなふうに思えるのは当事者だけであり、同業者の反応は違った。医者は閉ざされた狭い世界に住んでおり、脇に逸《そ》れた者を極端に嫌う。

ぼくは完全な色物となった。

その頃、准教授となっていたぼくに、直接嫌味を言う人間はいなかった。ただ、遠くの方で蔑んだように悪く言う声は、ゆっくりと、しかし確実にぼくのところに伝わってくる。

悪い噂をわざわざご丁寧に伝えてくれる親切な方は、どの世界にもいる。実を言うと動揺していたのだが、これらの声はただの嫉妬として無視することにした。言いたいように言わせておけ。自分の人生は自分で決める。悪口なんてたいしたことはない。

しかし、人生とは予定通りにはいかないものである。

大学病院を離れるはずだったぼくは、谷口から引き止められ、もうしばらく医局で働くこととなった。さらに、

「新しくS大学の教授選が始まるから、大塚くん出てみないか?」と再び声をかけられ、応募することとなった。全く一貫性のないぼくの行動に妻は呆《あき》れた。

「好きなことをしたらいいんじゃない？　あなたの人生だし」

ぼくもそう言われて、呑気にやれやれと思った。

このときはまだ、二回目の教授選で爆発することとなる本気の悪意を知らなかった。


午前の外来を終えて医局に戻り、椅子に腰かけたところでその電話はかかってきた。

「消化器内科の田中《たなか》です」

「お疲れさまです」

「先生、今よろしいですか？」

「はい、大丈夫です」

患者の相談だろうか。ぼくはその日に診察した患者に、田中が主治医だった患者のコンサルテーション（院内他科からの患者相談）があったか思い出そうとしたが、記憶が定かではなかった。

「患者さんのことではないんですけどね」

ぼくの予想は外れ、田中の高めの声が聞こえた。

「違うんですね」

ぼくも反応して明るい声を出した。田中とは、ぼくが留学から帰ってきてからの付き合いで、プライベートでも時に一緒に飲みに行くような仲だった。患者のことでなければ、今回もきっと飲み会の誘いだろう。

「教授選考委員会から電話がかかってきました」

「はい？」

突然の話題に、ぼくの声は上ずった。

「先生、S大学の教授選に出てますよね？　調査の電話がかかってきました」

ぼくの二回目の教授選は、満を持して始まっていた。

「先生のこと、ちゃんと良くお話ししておきました」

「ありがとうございます。助かります」

「大変だと思いますが、頑張ってください」

「ええ、落ち着いたらまたご飯でも行きましょう」

「ぜひぜひ」

教授選に振り回されるのはよくない。そうは思っているものの、電話を切ってから、平常心に戻るまでやはり時間がかかる。なんともできないと知っていても、調査されているという事実は、かなりのストレスとなるものだ。ぼくの耳には入らないところで、嫌な噂も流れているかもしれない。

——動きすぎてもよくないが、なにもしないのも不利になる。

二回目の教授選での戦い方の基本方針は決まっていた。

谷口や自分を応援してくれる周りの人たちとの相談の結果、ぼくは大人しく活動することにした。

まずは教授選が行われているS大学内での支援者作りから始める。教授選考委員会のメンバーに仲の良い教授がいればベストだが、外の大学から教授選に出る場合、そんな都合の良い話はそうそうない。昔、学会で挨拶をしたことがある、同じ研究会で発表したことがある、なんとなくお互いに顔を知っている、そのレベルでの知り合いを探すところから始まる。

それに、教授選考委員会のメンバーが誰かという情報は、簡単に外に漏れることはない。学内の教授でも知らない場合が多い。それは、公正を保つために必要なことであるのだが、教授選で痛い目に遭っているぼくにしたら、すべてが怪しく思えてしまう。

古い記憶をたどり、S大学関係者の連絡先を探す。たぶん、メールアドレスがあるはずだ。

Gメールの検索ワードをいくつか変え、何ページかスクロールしたところで、該当の教授が見つかる。さて、問題はここからだ。

挨拶をしたことがあるとはいえ、ぼくのことを応援してくれるとは限らない。最悪の場合、「裏でコソコソ動いてますよ」と噂を立てられるリスクだって存在する。

ぼくは慎重に文面を考え、当たり障りのない内容でメールを送ることにした。できる限り深刻さは隠し、フラットな状態で、鼻息は潜め、静かに言葉を紡ぐ。

「ご無沙汰しております。実はこのたび教授選に出ることになりまして、もしよろしければお電話でご相談をさせていただけないでしょうか？」

ぼくはゆっくりと送信ボタンを押した。

返信のメールは思っていたより早く、その日の晩に届いた。

「明日であればいつでも時間が取れます。以下の番号にお電話をください」

――やった。これはもしかしたら、大きな支援者になってもらえるかもしれない。

二回目の教授選に、一筋の光が見えたような気がした。長く辛い真っ暗なトンネルからは一刻も早く脱出したかった。

●

闇の奥でギラリと光る瞳。獲物を狙う虎は森の茂みに隠れ、確実に仕留める間合いになるまで決して自分から動くことはない。気づかれないように、感づかれないように、息を潜めて空っぽの腹を隠す。

残念なことに、二回目においても、まだぼくはこの虎の存在に気がついていなかった。

●

「一九時にお電話します」とメールを返してから、ずっと、どういう会話をするか頭を悩ませていた。

「教授選の状況について教えてほしいのですが」と聞いて、なにか有意義な情報を得ることができるだろうか?

「教授選に出ることになりました。応援よろしくお願いします」とダイレクトに言えばいいのか? いやいや、一度か二度しか会ったことのない人間をそう簡単に応援するわけがない。それに相手が「応援します」と言ったところで、それが本当かどうかも分からない。


そういえば、教授選にまつわるこんな話を聞いたことがある。

その教室は教授の定年退職に伴い、次期教授には、医局内から准教授に上がってほしいと、医局員の多くが熱望していた。対抗馬は旧帝大出身の新進気鋭の医師で、研究業績は十分にあるが、臨床の実力は未知数。若くしてアレルギー分野のオピニオンリーダーとして活躍する人物だった。しかし、自分たちが専門としている希少疾患の診療と研究を継続するには、内部の准教授が昇進するしか道はない。なにより、准教授の人柄の良さは、前任の教授と比べたら雲泥の差だった。

医局長は医局員の意見をまとめ、投票権を持つ全ての教授に挨拶に行くことを決めた。

「お忙しいところ申し訳ありません。次の教授選ですが、うちの准教授をお願いします」

臨床の医局から基礎研究の教室まで、医局長は教授のアポイントメントを取り付けては丁寧に挨拶回りを行った。

「ああ、もちろん」

「彼は医局員からも慕われていると聞いてるよ」

「なにも心配しなくていい。私は彼に投票する」

反応は想像以上だった。ほとんど全ての教授から「准教授に投票する」という意向を聞くことができた。なにも心配することはなかった。大学の教授陣は、やはり中のことをよく見ている。

一抹の不安を抱えながらも、医局長はじめ当事者の准教授は、朗報を待ちながらその日を迎えた。

夕方を過ぎ、メールをチェックしていた准教授は頭を抱えた。

「なんてことだ」

パソコンから顔を上げ、斜め向かいに座る医局長に声をかける。

「教授選負けたよ」

医局はお通夜のように静まり返った。

結果は惨敗。生え抜きの准教授は選ばれることなく、外部から立派な教授をお迎えすることとなったという。そして、敗れた准教授は田舎の病院へ飛ばされ、チームは解散することになった。


教授選の怖いところは、だれも本心を語らないことだ。表ではニコニコと笑顔を作りながら、裏ではしっかり算盤勘定《そろばんかんじょう》を行う。建前の言葉に惑わされず、敵か味方かをきちんと見分けなければならない。

約束の一九時少し前に、ぼくは人気の少ない研究室へと移動し、深呼吸とともに電話に備えた。

一九時を十秒ほど過ぎたことを確認し、事前に登録していた教室の番号を押す。

プルルルル。

プルルルル。

二回ほど呼び出し音が鳴り、ガチャッと受話器を取る音が聞こえた。

「はい、免疫学教室清水《しみず》です」

「ご無沙汰しております。大塚です」

「ああ、先生どうも」

「お忙しい中、お時間いただきましてありがとうございます」

一度しかお会いしたことのない清水教授だったが、とても紳士的な立ち居振る舞いが強く印象に残っていた。研究会で座長を務めてくださった、あのときのあの声のトーンで、優雅に話を受けてくださる。

「先生が教授選に出ていらっしゃるとお話を伺いました。先生に来ていただけたら私としては大変嬉しいです」

「ありがとうございます」

「ただ残念ながら、私は教授選考委員ではないのです」

「そうなんですね。でも、貴学に知り合いがいないので、先生がいてくださってよかったです」

「先生の力になります。なんでもおっしゃってください」

ぼくの人を見る目は間違っていなかった。とても協力的で良い先生だ。話がトントトン拍子に進む。

「先生のように研究ができて、研究費の稼げる先生が来てくれるのは、うちの大学も大歓迎ですよ」

「そちらに決まった際は、ぜひ共同研究をお願いします」

「ぜひ」

ここでわずかに清水教授の息継ぎが電話越しに聞こえた。

「先生にはなにも心配事がないから安心です」

「と言いますと？」

「先日行われたうちの教授選ですが、投票前日に候補者のパワハラが発覚しまして」

「そんなことがあったんですか？」

ぼくは前野研での出来事を思い出して胸が苦しくなった。あの頃とは違い、最近の教授選はハラスメントにとても厳しい。それがたとえ何年も前に起きたことだとしても、だ。

「先生はそういうことがないと信じてます」

棘《とげ》のある言い方にドキッとし、すぐに否定をした。

「私はこれまでそういうことは一切ありません」

「ええ、もちろん。そんなことは疑っておりません」

清水教授の笑い声が聞こえ、ぼくは一安心する。

緊張も解け、思わず自虐的な冗談が口から出る。

「ぼくは手術がちょっと苦手というだけです」

「そうなんですか？」

笑いながら返事をする清水の声が聞こえた。

「はい。研究をメインでやっていたので」

「それはご謙遜でしょう。それに、うちはこれまで研究業績やインパクトファクターで教授が決まっていました。先生の業績があれば、手術が得意でなくとも問題ないでしょう」

「ありがとうございます」

ぼくは電話越しに深く頭を下げた。

清水教授は最後まで丁寧な言葉遣いでぼくの心配に耳を傾け、「頑張ってください」と言って電話を切った。

感謝の気持ちでいっぱいになった。

外様《とざま》だろうが、応援してくれる人物もいる。それが分かっただけで十分だった。政治やしがらみ、学閥も関係なく、純粋に業績で判断してくれる教授がいれば、きっと今回は大丈夫だろう。

●

さて、みなさんはお気づきだろうか。ぼくはここで一つ大きなミスを犯した。

この電話をきっかけに、教授選考の大きな議題は手術、、の腕に決まった。

いかに手術が大事か。手術件数が多ければ、研究はそれほどできなくてもいい。

皮膚科の診療は手術がメイン。

こういった間違った論調が広まった。

弱点を晒《さら》したぼくは、自分が不利な方へと、大きく流れに棹《さお》さしてしまったわけである。

味方のフリをした敵が一番怖い。

この頃、ぼくの対抗馬を推す虎は、しずかに爪を研いでいた。そう、きっと、こんな会話をして。

「清水くん、他にはなにか聞いてないか？」

「そうですね、次に連絡が来たときに、さらなる弱点を探っておきます」

「またなにかあれば報告してくれ。ところで、次の旧帝大の教授選、私の方から選考委員長に清水くんを推薦しておくよ」

「ありがとうございます。振り返れば先生にはお世話になりっぱなしです。私がここの教授に決まったのも、当時選考委員長だった先生のおかげですし」

清水教授と虎は、裏でがっつりつながっていたのだ。

教授選に出るとびっくりすることが多々ある。

その一つが、全くと言っていいくらい大学から連絡が来ない、ということだ。

教授選考委員会が立ち上がり、全国に向けて公募が開始される。各大学の医局に案内が行くこともあれば、大学のホームページに公募情報を掲載して終わりのところもある。まれに、全国に散らばる優秀な准教授や講師に直接手紙が届くこともある。

いざ出陣、と書類選考に応募したとしよう。

それから一カ月、長い場合は半年以上、大学からなにも連絡が来ない。いつ書類選考の結果が届くのかも分からない。問い合わせをしようにも、余計なメールは悪い印象を与える可能性もあるので聞けない。実際に聞いてみても、おそらく、きちんとした返事はもらえないだろう。つまり、いつ結果が出るかさっぱり分からない宙ぶらりんの状態に置かれることになる。

結果、ホームページの公募情報に隅から隅まで目を通し、最後の方に一行書いてある文言だけを信じることになる。

「202X年4月1日採用予定」

頭の中で逆算し、そろそろ書類選考の結果が届く頃だ、と心の準備を行う。それでも、根拠の乏しいその予想は簡単に外れる。

ぼくが応募した二回目の教授選も、他の教授選と同じように、書類を提出した後は驚くほどなにも連絡がないまま、月日が流れた。


教授選に必要な書類を提出してからのぼくの日課は、S大学のホームページに掲載された新着ニュースをチェックすることだった。教授選にまつわる新しい情報がなにかアップされるとしたら、そこにしかない。しかし、ほとんどの場合、新しい情報はなにもなく、開いたページをさっと閉じる。このルーティーンを繰り返す。

書類を提出してから二カ月が経過した頃、習慣となっていたS大学医学部のホームページチェックをしていたぼくは、新しいお知らせに気がついた。

——公募延長のお知らせ
新着ニュースがなにもない日々が続き過ぎて、あやうくページを閉じそうになった。

そして、言葉の意味を理解して目の前が暗くなった。

公募延長、つまり、候補者をもっと集めます、という案内だ。書類選考を行う過程で、十分な数の候補者が集まらなかったり、応募してきた人たちが期待に沿うものではなかった場合、公募を延長してさらなる候補者を集める場合がある。つまり、今応募している人たちでは不十分ですよ、という解釈ができる。

今回もダメかもしれない。

公募延長になった背景に思いを馳《は》せ、どんよりとした気持ちになった。

しかし、良い方向に解釈することもできる。

今回は、公募延長であって再公募ではない。

再公募だとすると、もう一度最初から候補者を集め、書類選考をやり直すことになる。

今回のように公募延長というのは、今の候補者は残しつつ追加の候補者を募集することであり、単純に応募者が少なかったというだけかもしれない。

公式の情報が全く入らない中、こんな場合もある、あんな場合もあると考え続けることは苦行だ。全てのことに疑心暗鬼となる。教授選は、負け続けると確実に精神が蝕《むしば》まれる。


あんなに待ち続けた教授選考委員会からの連絡は、ホームページが更新された翌日に、実に簡素なメールで送られてきた。

「公募延長のお知らせ」

一晩寝て、もう一踏ん張り頑張ろうと心を持ち直したぼくにとっては、なんら驚くべきメールではなかった。

メールには、ホームページと同じ内容の文面がつらつらと書かれていた。

文面を目で追いながらも頭では別のことを考える。

公募の延長はどれくらいだろうか。締切は一カ月後。ということは、あと一、二カ月は我慢しなくてはいけないだろう。

下腹に力を入れ、ふーっと息を吐き出し、この先に待ち構える決戦に備え、精神を統一する。

――大丈夫、動揺していない。

メールを雑に下までスクロールしたところで、エクセルの添付ファイルが付いていることに気がつく。

――なんだこれ。

開いてみると、手術履歴を詳しく書く新たな提出書類が添付されていた。

慌ててメールの文面に戻る。

一カ月先の締切までにオペレコ（手術履歴）の提出が必要になった、としっかり書いてある。

なぜここに来てオペレコが加わったのか。考えられる理由は一つしかなかった。

手術が得意ではないと話をした相手は一人しかいない。

そう、清水教授はぼくの味方ではなかったのだ。

背筋がゾッとした。

クレジットカードのセキュリティコードを入力してからフィッシング詐欺だと気がついた被害者のように、ぼくは脇の下にじっとりと汗をかくのを感じた。

取り返しのつかないミスに、ただただ絶望した。

実はこの教授選、ぼく個人の戦いではなく、学閥対学閥の壮絶な戦いへと展開していくことになる。

仁義なき戦いの火蓋は切られたのだった。

教授選考の面接の案内はメールで届いた。

「X月X日　13時20分　医学部職員課にお越しください」

――よし！

小さくガッツポーズを決める。

戦いはこれからだ。息を吸い込み、下腹部のあたり、いわゆる丹田に力を込めた。

さて、面接ではなにを聞かれるだろうか。

二回目の教授選とはいえ、実は面接というのは初めてであった。一回目の教授選は書類選考の後、プレゼンテーションをしてそのまま投票だったため、ぼくは面接を経験していない。

候補者の選考に関して、面接をする大学としない大学があることもこのとき初めて知る。なにせ教授選は情報がなさすぎるのだ。もしそれが怪しい都市伝説だとしても、教授選に関することなら簡単に騙される自信がある。

ぼくは知り合いの教授陣に片っ端から面接の相談をした。

「プレゼンはなく、そのまま投票かもしれないね」

「ハンドアウト（面接官に当日渡すための資料）を準備するように」

「普段通りやればいい。面接は形だけでしょう」

「自信を持って答えなさい」

聞けば聞くほど混乱する。誰も正解を知らないのだ。

結果的に、ぼくの面接の場合、プレゼンもあったし、ハンドアウトは必要なかったし、自信を持って答えたことが果たしてよかったのかも疑問が残る。

そういえば一つ、全く想像しなかったアドバイスをもらった。

「相手の目を見てはダメだ」

このアドバイスは、「私に逆らったら、この県では医者を続けられないからね」と語っていたロマンスグレーヘアーの教授の意見だ。

ぼくたち日本人は、子供の頃から相手の目を見て話すように教育されている。少なくとも医者になってからは、患者さんの目を見て話すべき、と教わっているはずだ。

「候補者と目が合うと生意気な感じがする。生意気なやつには投票しない」

彼がそうはっきり言い切ってぼくは驚いた。

これ以来、教授選というのは、「素晴らしい人材を教授として迎える」ことはあくまでも建前で、実情は「政治でしかない」ような気がしてならなくなったのだった。

結局、ぼくは自分で支援者を見つけることができなかった。高橋名誉教授に紹介してもらったS大学の名誉教授、さらにそこから、信頼できる現役の教授として吉村晋《よしむらしん》吾《ご》を紹介してもらうことになるのだが、彼を介してぼくは内情を知ることとなる。

ぼくにとって唯一の内通者である吉村教授から伝え聞いた戦況は、壮絶なものであった。

ぼくが面接に呼ばれたS大学にはどうやら二つの派閥があったのだ。

医学部長派閥と病院長派閥。

絶大な権力と人事権を握っていた医学部長は、次のポストとして病院長を狙っていた。しかし、強すぎる権力は、時として人々の不満を生む。医学部長が病院長になることを阻止する動きが水面下で広がっていた。その急先鋒が現病院長。表面上は医学部長とうまくやっているように見えたが、そこはあくまでも大人の関係。自分の後任には別の人材を、と強く考えていたようだ。

次期病院長を決める選挙を控え、医学部内で二つの派閥の対立は激しさを増していた。どちらの派閥の教授が多いか、次期病院長選ではそこが大きなポイントとなる。

いってみれば、毎日が自分の派閥を増やすための戦いであり、その前線にあったのが、今回の教授選だった。すなわちぼくが出馬している教授選は、医学部長派閥と病院長派閥の代理戦争となっていたのである。ちなみにぼくは、出身校の関係で病院長派閥にカウントされているらしい。

「やくざ映画みたいですね」

吉村からこの話を聞いたときに思わず口をついて出た言葉だ。

「ええ、アカデミアの世界にはマフィアが住んでいます」

まだ会ったこともない吉村は、電話口で笑いながら答えた。

ぼくは昔観た映画「ゴッドファーザー」のコルレオーネ・ファミリーを思い出す。今でも記憶に残っているのは、ハイウェイ入口で長男のソニーが銃撃されるシーンだ。ぼくも同じように、四方八方から撃たれて蜂の巣のようになるかもしれない。

――笑えないな。

ドラマや映画の世界なら楽しい。他人事《ひとごと》ならどれほどよかったことか。まさか自分が「アカデミックマフィア」の代理戦争に駆り出されることになるとは。

面接当日、ぼくは防弾チョッキこそ着けなかったが、心には鉛の鎧《よろい》を着けた気分で会場へ向かった。

命を奪われる心配はないが、確実に心は傷つくと知っていたからだ。

どんな意地悪な質問にも耐えよう。

間違った情報やデマが出てきたら、失礼のないように、でもしっかり訂正しよう。

露骨な悪意を感じても、礼節を保ち、丁寧な返事をしよう。

自分に言い聞かせながら、ふと我に返る。自分はいったい何の準備をしているのだ、と。

教授選とは、心の消耗戦でもあることは確かだった。

約束の三十分前に会場に着くと、ぼくは改めて大学のホームページを確認した。学長の挨拶を読み、大学の精神を確認する。続いて医学部のページ。医学部長の挨拶を読んだ後、病院のホームページへと移り、病院長の挨拶に目を通す。重要な人物の顔と、暗記したキーワードをいくつか再確認する。

「大塚先生ですか？」

約束の一三時二〇分ちょうどにぼくは声をかけられた。

「職員課の大西《おおにし》です」

彼は軽く会釈してから「どうぞ」と言って暗く湿った廊下を歩き始めた。

自分の鼓動が聞こえる。

決戦はこれからだ。腹を括《くく》ろう。

ぼくは静かにドン・コルレオーネが待つ会議室へと向かった。


部屋に入るとコの字形に並べられた机には、一〇人ほどの面接官が腰かけ、重い空気の中ぼくを待ち構えていた。

ポツンと置かれた椅子の後ろにぼくが立つと、正面に座った眼鏡の男性が優しく口を開く。

「どうぞ、おかけください」

「失礼いたします」

ぼくは一つ一つの動作を丁寧に行い、大きな音をたてないように椅子を引いた。

「選考委員長の磯辺《いそべ》と申します。本日はお越しいただきましてありがとうございます」

「こちらこそお忙しい中、ありがとうございます」

「それではまず、先生がこれまで行ってきた臨床、研究、教育の実績と、本学での抱負をお聞かせください」

こうしてぼくの教授選面接が始まった。


さて、みなさんは面接をどれくらい受けたことがあるだろうか？　世間一般のビジネスパーソンであれば、就職活動の際、数多くの面接を経験し、その対策を立ててきたことだろう。しかし、我々医師はほとんど面接を受ける機会がない。かくいうぼくも、面接を受けた記憶といえば、大学や大学院の入試のときくらいだ。そうなってくると面接対策として覚えているのは、世間一般で知られている常識的で当たり前なことばかり。ドアを後ろ手で閉めないとか、「どうぞ」と言われるまで座ってはいけないとか、受験番号と氏名ははっきり言うなど。しかし、医師はこの当たり前がすごく苦手だ。

ここで、教授選の面接官をしているほとんど全ての選考委員は、医学部の教授であることを思い出してほしい。こういうマナーの問題が苦手な人たちだといっても差し支えないだろう。つまり、部屋の入室・退室などは正しくできていなくても、相手に失礼な印象さえ与えなければOKということになる。審査する側が正解を知らない。だから、面接のマナーはあまり問題にはならない。重要なのは話の中身である。

ぼくは事前に準備していた臨床、研究、教育の実績と、今後の抱負を話す。あらかじめ提出した書類と齟齬《そご》が生じないように、入念に準備したものだ。何度も練習した甲斐があり、スラスラと言葉が口から出てくる。目の前に座った選考委員たちが資料に目を通しながら、ぼくの言葉に耳を傾ける。アピールポイントも忘れることなく、全て五分以内で説明することができた。順調だ。

「ありがとうございます。それではこれから質問に入らせていただきます」

選考委員長の磯辺教授は友好的な微笑みを浮かべ、話を先へ進める。

磯辺の隣に座る白髪の男性は、眉間に皺を寄せ、険しい表情で口を開く。

「選考委員をしております泌尿器科の石川《いしかわ》です。先生はこの五年間ほとんど手術をされていないようですが、どうしてでしょうか？」

来た。いきなりぼくの弱点を突いてきた。

「はい、この五年間は医局長や大学院生の学位の指導を行っており、教室の運営や教育に力を入れてきました。そのため手術件数は減っています」

言葉を選びながら慎重に返事をする。

泌尿器科教授はうなずきもせず、質問を続ける。

「本学に来ていただいた場合、手術はどのようにされるおつもりでしょうか?」

「はい、すでに貴学には手術をできる先生が何人かいらっしゃいます。その先生方と一緒に行っていくつもりです」

「先生ご自身は手術をされないのですか?」

「以前はしておりましたので、こちらでももちろん手術をするつもりです」

「しかし、五年もブランクがあって大丈夫ですか?」

「はい、そこは貴学の先生方と一緒に、時に私も学ばせてもらいながら手術を行っていく予定です」

「そうですか、分かりました」

わずか数回のやり取りだけで背中にべっとり汗をかいているのが分かる。ぼくの受け答えは面接官にどう聞こえただろうか。見回すと数名の男性がうなずいているのが見えた。ぼくは胸をなでおろした。

「ほかにいかがでしょうか？」

正面の選考委員長があたりを見回す。

「耳鼻咽喉科の牧野《まきの》です。しつこいようですが手術についてお聞かせください」

また手術か。一難去ってまた一難とはこのことである。ぼくはすっと背筋を伸ばす。

「はい」

「先生は皮膚がんの研究をされているようですが、手術はされていないということでよろしいでしょうか？」

「現在は手術担当の後進の医師が育ってきておりますのでしていませんが、もちろん必要とあればいたします」

「リンパ節郭清《かくせい》はできるのですか？」

リンパ節郭清とは、がんが転移したリンパ節の塊をごっそり手術で取り除く手法のことである。

「いいえ、私自身はリンパ節郭清はできません。ただ、国内留学にてリンパ節郭清をできる若手を育てましたので、チームとしてはできます」

「手術はできないけれども皮膚がんの研究は本学で続ける、という理解でよろしいでしょうか？」

「手術ももちろんいたします。貴学の手術チームと一緒に皮膚がん治療を盛り上げていくつもりです」

「よく分かりました。ありがとうございました」

こちらの弱点が全て分かっていたかのような質問に、ぼくは内心ヒヤヒヤした。

「私からもよろしいでしょうか？　病理診断科の豊田《とよだ》です」

「はい、よろしくお願いします」

「先生は手術をされないということですが――」

おかしい。あきらかにおかしい。ここまで手術のことを聞かれるのは変だ。

「抗がん剤の治療はされているのでしょうか？」

「はい、抗がん剤の治療はしております」

「履歴書を見ますと、がん薬物療法専門医の資格はお持ちでないようですが、どうしてでしょうか？」

「がん治療認定医の資格は持っております」

「それは分かりますが、がん薬物療法専門医の資格はないですよね？」

「はい、そちらの資格は持っておりません」

「抗がん剤を扱っているのに、どうして資格をお持ちではないのですか？」

「がん薬物療法専門医の資格は、皮膚がん以外のがんも診ないと取れない条件になっていますので」

「そうですか、分かりました」

ここで一瞬、間が空いた。

なんと意地悪な質問だろう。がん薬物療法専門医というのは、主に腫瘍内科の医師が取得する資格だ。皮膚科で皮膚がんを診るのであれば、必要のない資格といえる。おそらく質問した教授もそれを分かった上で聞いてきたのだろう。「大塚は抗がん剤治療すらできない」という印象を、他の選考委員に植え付けるために。

その後、研究に関する質問や教育歴などもいくつか聞かれたが、その半分くらいは明らかに敵意を感じるものであった。ふと部屋に掛けられた時計に目をやると、あっという間に三十分が経とうとしていた。

露骨な敵意を感じつつ、しつこく皮膚がんの治療や手術について聞かれたせいで、下着が嫌な汗でべっとりと肌に貼り付いていた。ただ、どの質問にも冷静に慎重に返事ができたはずだ。決して大きな失点はしていないはずである。

意地悪な質問をしてきたのは、泌尿器科、耳鼻科、病理の教授だ。きっと彼らは医学部長派閥に違いない。

「最後に私からよろしいでしょうか？」

時間が来たようで、目の前の選考委員長が口を開いた。

穏やかな笑みを浮かべながら、

「先生はインターネットで有名なようですが、これについてはどうお考えでしょうか？」

と、ゆっくりはっきりぼくに聞いた。

インターネットで有名？

ん？　どういうことだ？

意外な質問に、すっかりぼくは不意を突かれた。

これまでぼくがＷＥＢ記事を書いてきたことについて聞かれているのか？　一般の方に医療情報を発信してきたことが、なにか問題なのだろうか？　インターネットで有名、という言い方が棘のようにひっかかり、ぼくはしばらく無言でいたがなんとか、

「はい、一般の方が間違った医療情報で健康被害を受けないように――」

と答えた。しかし、選考委員長がなにを聞こうとしているのか真意が分からず、あいまいな答えに終始した。

「分かりました」

選考委員長の磯辺はそう言って、腕時計に目をやる。

「私なんかは古い人間で、インターネットというとついついネガティブな印象を持ってしまうのです」

ぼくへの露骨な不快感と不信感を示す選考委員長を見て、全身の毛穴が一気に開いた。

選考委員長も敵だったのか！

「それでは時間となりましたのでこれで終了といたします。本日はお忙しい中、ご来

校いただきましてありがとうございました」

ぼくはなんとか気を保ち、「ありがとうございました」と言って深く頭を下げた。

脳裏に「また負けるかもしれない」という不安がよぎる。

恐ろしいほど冷たいドアノブを回し、ぼくは面接会場を後にした。

教授選は減点方式である。

例えば、手術が抜群にできる候補者がいたとしよう。その場合、選考委員会では「研究ができない」という声が確実に上がる。研究業績が抜群の候補者は「臨床ができない」と言われる。

加点方式で評価されることはなく、細かな部分までチェックされ、足りない部分を減点されていく。たとえ圧倒的な量や質の研究論文を書いていたとしても、「それは教室全体の仕事であって個人の業績ではない」「指導教官の論文に名前が載っているだけ」「責任著者の数が少ない」など、バランスが悪い部分を指摘され、そこが減点ポイントとなる。ちなみに「教室」というのは大学にある講座のことを指す。例えばK大学の皮膚科は、正式名称がK大学医学部皮膚科学教室である。内科や外科も同じで、内科学教室や外科学教室が正式名称だ。これら診療科は省略して「教室」と呼ぶ事が多い。医局のメンバーを「教室員」と呼ぶこともある。指導教官の論文には、実験を分担したチームの仲間が著者名に加わる。また、責任著者というのは、自分が指導教官となって研究を取りまとめる総合プロデューサーみたいな役割のものだ。

話を教授選に戻そう。臨床も研究も数字を残している候補者は、「人間性に問題がある」と、一部の悪質な選考委員から噂を流される。ぼくがかつて性格が悪いと言われたときのように。つまり、気に入らなければなんでもありなのが教授選なのだ。

ぼくの場合、インターネット上である程度名前を知られていたことが、医学部長派閥からの攻撃対象になったようだった。

のちに知ったことだが、

「ネットで勝手なことをしてけしからん」

「炎上でもして大学の名に傷をつけることがあっては大変」

「患者さん（もしくは医局員）が良く思わないだろう」

など、インターネットを介して起こり得る、ありとあらゆるリスクを「ぼく個人の問題」にすり替えて議論されていたようだった。

面接を通過したと連絡が入ったのは、それから一週間後、春の日差しが差し込む月曜日のことだった。

「教授選考プレゼンテーションのお知らせ」と書かれた一通のメールが届いた。

「攻撃されていても、きちんと評価もされてる」

内通者である吉村からはそう言われた。

「医学部長派閥から大塚先生へのネガキャンは日に日に激しくなっているが、業績できちんと判断した選考委員も多い」

結果として、病院長派閥からはぼくが最終のプレゼンテーションに残り、医学部長派閥からは内部の候補者が選ばれた。

「一騎打ちです」

ここまで来ると、弥《いや》が上にも気合が入る。

この日から、プレゼンを完璧に準備すること、教授選の投票に勝つことだけを考える日々を過ごした。

決戦が一週間前に差し迫ったある日、吉村教授から連絡が入った。

「もしもし、先生、今よろしいですか？」

こういうコソコソ話は証拠が残らないように、いつも電話だ。ちなみにこのときまで、吉村とは直接会ったことはない。

「はい、大丈夫です」

「またちょっと問題が起きまして」

ぼくの心拍数がぐっと上がる。

「前任者がえらく反対しています」

「前任者？」

「はい、お辞めになられた前任の教授です」

「名誉教授ですか？」

「まぁ、そういう言い方もできますね。正式にはまだ名誉教授にはなってないんですが」

教授が退任して名誉教授になるための道筋は、大学によって違う。退任と同時に名誉教授になることもあれば、審査を経て一定期間空けてから任命されることもある。

「反対されるとなにか不都合なことでもあるんですか？」

「ええそうですね。教授会の中で大塚先生と同じ分野に所属しているのは、前任の教授だけです。その教授が反対するということは、学会全体の評価として『大塚先生は良くない』と判断される、ということになる可能性があります」

「でも、自分の院政を敷くために名誉教授が反対することだってあるでしょう」

知らない候補者を選ぶより、自分の息がかかった後任を教授にして、退任後も医局に力を残そうとしているのではないか？

「そうなんですが、それはどの教授も立場は同じです。持ちつ持たれつのところもあって」

ここで吉村の歯切れが途端に悪くなる。

おそらく、まぁその通りなのだろう。自分が退任するときに後任者をどうするかは、教授の頭の片隅で抱えている「喉に刺さった魚の骨」みたいなものなのだ。名誉教授は自分の弟子を教授にし、そのまま医局を継いでもらいたいだろう。現役教授たちは、いずれ自分が退任するときのことを考えながら、教授選で一票を投じることになる。

しかし、教授候補に関して理想をいえば、後継者は自分より優秀か、もしくは自分とは違った能力を持つ人材を選ぶべきであろう。決して、自分の言うことを聞く人間を選ぶべきではない。それは確実に組織の凋落《ちょうらく》を招く。

前任の教授が医学部長派閥だというのは聞いたことがなかった。彼がなにを思ってぼくを否定しているのかは分からない。しかしそもそも、国公立大学の場合、教授は〝みなし公務員〟であり、私立大学であれば〝雇われの身分〟だ。前任者に、後継者を選ぶ権限は与えられていない。

「そのへんが政治なんです」

「ぼくはもう政治は嫌です」

心の底から言葉が湧き出てきた。もう政治は懲り懲りだ。

「政治というのは好き嫌い関係なく、巻き込まれてしまうものなんです」

アカデミアにいる限り、これからずっと政治に巻き込まれていくのだろうか。

そう思うと心はどんよりした。自分はチームで良い仕事をしたいだけなのに、それすらも叶《かな》わないというのか。

「それにしても、ぼくは前任の教授とほとんど喋ったことがないのに、なんで反対されてるのでしょうか？」

「いや、それは分かりません。ただ……」

ここで吉村は言いよどむ。

「先生は目立つ人なので、予想以上に嫉妬は多いでしょうね」

目立つ？　インターネットでの情報発信のことを言っているのか？

とにかく、ここでも出る杭《くい》は打たれるのか、と絶望的な気持ちになった。

「教授選が終わるまでは、くれぐれも目立たないようにお気をつけて」

一回目の教授選のとき蒲田が言ってくれたのと同じ言葉を言い残して、吉村は電話を切った。

しばらくの間、ぼくは暗い気持ちから立ち直れないまま、パソコンの画面に向き合っていた。

いつの間にか外は暗闇に包み込まれ、電気のついていない部屋でモニターの光だけが弱く輝く。

――さて、どうしよう。

教授選のプレゼンもそうだが、実はぼくにはもう一つ、大きな仕事が残っていた。

これは自分のライフワークといえるようなものだ。医者になってから抱えてきた思いを凝縮させた一冊の本の執筆。

編集者から送られてきた、最終段階にたどり着いたゲラを前に、ぼくは頭を抱えた。困っている患者ために一年以上かけて書き続けてきた著書『エビデンスで語る アトピー性皮膚炎の最新治療』が、まさに発刊直前であった。

「一般の方向けにアトピーの本を書いてみませんか?」

そう声をかけてきた編集者は、数々のヒット作を手掛ける大手出版社に勤める男で、自分もアトピー患者なのだと言った。

「ぜひ」

二つ返事で引き受けた仕事だったが、いざ書き始めてみると、本を書くというのはなんとも大変なことだった。

——これは研究論文と同じくらい大変だな。

一年以上かけて書いた原稿がようやく仕上げに入ったという段階で、運悪くぼくは二回目の教授選に突入してしまった。

「本が完成したら書店でサイン会をやりましょう」

ぼくが教授選に出ていることを編集者は知らない。

「新聞にも広告を出して、露出を増やして、がんがん宣伝しましょう」

多くのアトピー患者さんにこの本を届けたい。いつか救いたいと思っていた患者の手に届くように、できる限りのことをやりたい。

でも目立ってはいけない。

なぜなら、教授選の最中だから。しかも最終プレゼンを間近に控えているから。しかし、いったいなぜぼくはこんなことに悩んでいるのか。教授選というのは、教授選以外のやりたいことを全て制限しなければならないものだったのか。

「先生、さすがに新刊のイベントはやり過ぎです」

本が出ることを吉村に伝えると、予想通りの反応が返ってきた。

「サイン会もあるんですが、どう思われますか？」

「こんなこと言っては失礼だと思いますが、先生、本気で教授選に勝つ気がありますか？」

吉村の語気がいつも以上に強くなり、ぼくは思わず言葉を失った。

そりゃそうだろう。あれほど「目立つな」とアドバイスをされておきながら、新刊のサイン会なんて、ふざけているとしか思えないだろう。中途半端な気持ちで教授選に臨んでいると思われるのも仕方のない話だった。

しかし、である。

教授選が人生の大きなイベントであるということは間違いないのだが、人生の全てでもない。

長い間抱えてきたアトピー患者に対する思いや、その思いを形にしたものを多くの人に届ける夢がある。そしてまさに今、想像もしていなかったチャンスが目の前に訪れている。

一方、チームで良い医療をするために、目指してきた教授職。そのポジションに就くために避けて通れないのが教授選だ。

教授選の最終選考を前に、二つの夢を同時に叶えることがいかに難しいか、突きつけられる状況となった。

――サイン会はまずいよな。

冷静さを失っているとはいえ、自分でも、これは分かる。

ただでさえ、インターネットで有名なことが選考委員長から問題視されている現在、本のサイン会を大々的に行えば、明らかに教授選には不利になる。

——でも。

ふと今後の人生について考えがよぎる。今回の本の出版を目立たずにやり過ごして教授選に勝ったとして、この先、自分のやりたいことを制限されるという状況は変わらないのではないか。

聞き分けの良い子のように振る舞って偽の自分を選んでもらうことが幸せなのだろうか。ありのままの自分を教授として迎えてくれる大学を探す方が、ぼくの人生は幸せなのではないだろうか。チームで良い医療をしたい、その夢のためにも。

真っ暗な部屋でパソコンの前に座り、その考えに至ったとき、不安でいっぱいだった気持ちが嘘のように和らぎ、すがすがしい気持ちにまでなってきた。

——このまま突き進む。

結論は出た。出版イベントも全力で行う。サイン会もやる。ＳＮＳでもがんがん宣伝する。

そして、最終プレゼンまで一週間に迫った日。『エビデンスで語る　アトピー性皮膚炎の最新治療』はAmazonランキングでベストセラー一位となる話題作になったのだった。

怪文書のトリック

不気味なほど静かだった。

教授選の最終プレゼンを目前に控え、吉村からは「目立つな」と言われながらも、夢だった一般の方向けの自著の出版に全力を注ぐことに決めた。

出版社による新刊イベントが多数計画され、サイン会も大々的に告知された。

不思議なことに、教授選が行われている大学からは、なにも噂話が流れてこない。

ふと楽観的な考えが頭に浮かぶ。

「出る杭《くい》は打たれるが、出過ぎた杭は打たれない」

もしかしたら、自分はしがらみや嫉妬を振り切ることができたのではないか。

教授選考委員の教授陣からも、「大塚はこんなやつだから仕方ない」と、良い方向に諦めてもらえたのではないか。

自分は賭けに勝ったのかもしれない……。

一般の方への医療情報発信の重要性を、大学病院の教授たちが理解してくれたのであれば、これほど心強いことはない。

浮き立ったぼくは、積極的にTwitterで自著の宣伝を行った。

教授選のプレゼン準備と新刊イベントの両立は大変なものだったが、充実した期間でもあった。

一度目の教授選のことを思い出す。プレゼンの手応えは良かったが、政治で負けてしまった教授選。あのときは、完璧なプレゼンをしたはずだった。


一度目の教授選のプレゼンでは、病院の敷地内にある学生用の大教室に、五〇人近い教授が集まっていた。そこでぼくは、最終選考となる二十分間のプレゼンを行った。

「こちらの大学に教授として選ばれた際には、皮膚悪性腫瘍の基幹病院として発展させていくことに全力を尽くします」

締めの言葉に、会場にいた多くの教授はうなずいていた。

身を乗り出してぼくの話を聞いている聴衆が目に入る。

「質問はございますでしょうか？」

選考委員長が会場を見渡すと、最前列中央の教授が軽く右手を挙げ、マイクを手に取った。

「先生のご講演には非常に感銘を受けました」

この一言で、ぼくの緊張は一気に和らいだ。

簡単な質問が数個出た後、

「私たちの大学を、皮膚悪性腫瘍の基幹病院へと発展させるために、ぜひ頑張っていただきたい」

好意的なコメントで質疑応答は終了した。

そこに悪意はないように思えた。少なくとも、プレゼン会場には。

しかしこの後、黒幕が投票前に暗躍し、一度目の教授選は負けてしまった。

それでも満足のいくプレゼンだったことに間違いはない。プレゼン自体に悔いはなかった。

来週は二度目の決戦だ。果たしてどうなるだろうか。

選考委員の心を動かすプレゼンはできるだろうか。

インターネットサイトYahoo! JAPANのトップ画面に、新刊の内容を抜粋した宣伝記事が掲載されたのは、最終決戦のプレゼンのまさに前日であった。

「ヤフー見ましたよ」

友人、同僚、そして患者さんから声がかかる。

多くの人に伝わっていることに満足感を覚えた。

記事を読んだ読者の声をパソコンで確認し、ゆったりとドリップコーヒーにお湯を注ぐ。決戦の前日にもかかわらず穏やかな午後であった。

不意に、左ポケットに突っ込まれたＰＨＳがバイブレーションとともに音をたてた。

「大塚先生ですか？」

「はい、そうです」

「病院広報課ですけど」

あまりにも大きな声と勢いに圧倒される。勤務先の病院からの内線だった。

「いったい、どういうことですか？」

「はい？」

「インターネットの記事を読みました」

その「記事を読みました」には露骨な不快感が込められている。

「病院広報課の許可を取ってないですよね？」

「いや、今回は個人的な著書の宣伝ですので」

「そうであっても困ります。先生のご所属を調べた方が病院に連絡してきた場合、対応するのは私たち広報課になります」

余計な仕事を増やすな、ということか。

「今後、インターネットや新聞、テレビや雑誌に、先生のお名前が出るものに関しては、事前に広報の審査を受けていただきます」

「病院の業務に関係のないことでもですか？」

「はい、全てです」

「本のイベントの取材などは、どのメディアが記事にするか分からないのですが」

「全て事前審査が必要です。それと――」

電話口の向こうで、広報担当者は早口で用件を詰め込む。

「テレビ関係はニュース以外不可です。報道番組やバラエティーに関しては認めません」

え？

ここまで話題になった本の宣伝ができない？

「実は先ほど、バラエティー番組から先生の出演依頼が広報課に来ましたが、こちらでお断りしておきました」

あまりに一方的な決定に言葉を失う。

「よろしいでしょうか？」

もうこれは質問ではない。ぼく個人の意見を言えば、もちろん「よろしくない」に決まっている。新刊をテレビで宣伝する大チャンスを失ってしまったのだから。

「こういうことがないように以後、お気をつけください」

全てが早口でただただ用件を伝えるだけの電話は、ここで一方的に終了した。

まさに背後から撃たれた感じだった。

教授選での評判を気にして、S大学や選考委員会の方ばかり向いていたのは確かだ。

しかしまさか、自分が今所属する病院の広報課がぼくの活動を良く思っていなかったとは……。

完全に道が塞がれた。

今の所属のままでは、自分がやりたいと考えている一般の方への医療情報の発信活動はできない。

この先、これまでのような活動、ＳＮＳも禁止されるかもしれない。

それならば、次の教授選はなにがなんでも勝たなければならない。

一気に背水の陣へと追い込まれていた。

●

今になって思えば、病院広報課の対応にも一理あったことがよく分かる。所属する一医師の個人的な活動で、病院のブランドに傷をつけてほしくなかったのだ。メディアへの露出について事前に全て広報課の方で目を通しておけば、病院が無駄に信頼を落とすことはない。

その後、新型コロナウイルス感染症が流行し、個人の安易な情報発信が原因で苦情の電話対応に迫られた病院がいくつかあったことを聞き、この当時の病院広報課の判断は決して間違ったものではなかったと知った。

しかし、当時のぼくはそこまで頭が回るわけもなく、自由に活動できないことが苦痛としか感じられなかった。

●

病院広報課の判断に苛立《いらだ》ちが募る。多くのアトピー患者さんに自著を知ってもらう機会が激減してしまう。

――早くこの病院を出るしかない。

その思いはより一層、最終決戦のプレゼンに向かう背中を押した。

しかし、気合とはしばしば空回りするものである。

こちらの心の動きを全て読んでいるかのように、爪を研いだ虎は静かに、そして完璧に罠《わな》を張り巡らせる。

史上最悪の決戦が、ぼくを待ち構えていた。

「それでは準備ができましたら始めてください」

S大学の教授選のプレゼンは、大学の講堂を使って行われた。

最終決戦の詳細は大学によって異なる。質疑応答込みで一時間近くじっくり話を聞く大学もあれば、全てが三十分ほどで終わるところもある。教授選の投票権を持つ教授だけがプレゼンを聞くことができる大学もあれば、大学関係者に広く公開しているところもある。

一度目の教授選のプレゼンは教授陣の前で、そして二度目となる今回は多くの大学関係者の前で、行うスタイルであった。

ここでも、これまで行ってきた臨床、研究、教育の三つの柱を中心に実績を説明し、教授として着任した際の抱負を語る。三つのバランスも大切だが、なにからどう説明するかの順番も重要だ。多くの大学の場合、教授選考のプレゼンはその日に三人くらいまとめて行うことが多い。自分が何番目のプレゼンなのか。誰の後なのか。それによって微妙に構成が変わる。ちなみに、聞く側の集中力を考えると、プレゼンの初めと最後に重要なポイントを持ってきた方が印象に残る。そういったことを全て考慮して臨まなければいけない。

ぼくは、教育の実績から話し始め、臨床、研究、そして抱負と、プレゼンを展開した。つまり最初と最後に話した、教育と研究の実績に自信を持っていたことになる。

「それでは質問ありますでしょうか？」

司会の選考委員長が講義室を見渡す。

「よろしいでしょうか？」

さっと挙がる手の方へ、事務員がマイクを持って駆け寄る。

「先生は抗がん剤を専門とされており、手術はされないとのことですが、皮膚悪性腫瘍の治療はどうするおつもりでしょうか？」

面接と同じパターンが繰り返される。敵陣は苦手な手術に関してとことん追及する戦略のようだ。

「ご質問ありがとうございます。手術に関しては、こちらに在籍している先生方で得意な先生もいらっしゃいますので、協力しながら進めていきたいと考えております」

「では、先生ご自身はされないのですか？」

「いえ、もちろん私も一緒に行う予定です」

「うちの手術担当の先生が退職された場合はどうするのでしょうか？」

「私ももちろん手術をしますし、若手を育てていくつもりです」

「しばらく手術から離れていて本当に手術はできるんでしょうか？」

攻撃的な口調にドギマギしながら、冷静に対応する。

「はい、しっかりやっていきたいと思います」

一度目の教授選で経験したプレゼンのときとは、明らかに違う雰囲気だった。会場には「こいつを落とそう」という悪意が明らかに充満していた。

「研究に関してですが――」

次から次へと質問の手が挙がる。

「私どもの大学に移られた場合、前職と同じようなレベルの研究が本当にできるのでしょうか？」

ぼくは質問の意図を読み取れず、答えに詰まる。

大学間に研究レベルの差があることを質問者がわざわざ言うのは、もしかしたら罠かもしれない。

「立ち上げに時間がかかるかもしれませんが、貴学でも十分行えるものと考えています」

「うちの大学でも？」

「いえ、言い方を間違えました。貴学だからこそできる基礎研究というのも、あると思います」

「うちだからこそできる研究とは何ですか？」

「はい」

返事をしながら頭をフルに回転させる。

――なんだ？　ここの大学でできることはなんだ？　絞り出せ、自分。

「皮膚悪性腫瘍の患者さんが多く集まる施設ですので、他の施設より検体を使った研究ができます。臨床と研究の橋渡し研究、つまりトランスレーショナルリサーチの発展を目指します」

「分かりました」

なんとか、踏みとどまった。

しかし、胸の中はすでに嫌な思いでいっぱいだった。

これほどまでに質問者が露骨に敵意を剝《む》き出しにする教授選は珍しいのではないだろうか。医者の世界は狭い。この先、学会や研究会で顔を合わせる場面もあるだろう。

教授選での露骨な敵意は、発表者の印象に深く刻み込まれる。所属と名前を名乗って悪意をぶつけてくる質問者はこのことを理解していないのだろうか。それとも、そんなことが気にならないくらい守りたいなにかがあるのか——


ふと、自宅を出る前に起きた不吉な出来事を思い出した。

この日の朝、生まれて初めてカラスの鳴き声で目を覚ました。

怒鳴り声に近いガーガーという鳴き声が庭から聞こえる。

——なんだなんだ？

窓の外を見ると、一羽の小さなカラスが庭をひょこひょこと歩き回っている。

——カラスの赤ちゃん？

どうやら家の庭に落ちて親元に戻れなくなったよう。

子ガラスがいる庭を覗きこむような形で、親ガラスが塀の上から大声で鳴きわめいていたのだ。

ぼくにはそれが「子供を返せ」と言われているように思えた。

カラスの鳴き声が響き渡る中、ぼくはスーツに着替え準備をする。

よし、時間だ。

プレゼンの資料を鞄に詰め、ネクタイを締め直し、新品の靴に足を通す。

ドアを開けた瞬間、カラスの大きな鳴き声が耳を裂いた。

「子供を返せ！　子供を返せ！」

――誤解だ、それは大きな誤解だ。

ぼくは恐怖を覚えながらも、小走りで駐車場へと向かった。

バサバサバサバサ！

激しい音とともに、ぼくは頭に強い衝撃を感じる。

「痛い！」

子を奪われたと勘違いしたカラスが、鋭い足でぼくの頭を攻撃したのだった。

とっさに頭を押さえる。

――血だ。

こうしてぼくは、血がにじんだ頭部をハンカチで押さえながら、プレゼン会場へと向かったのである。

あのときカラスに襲撃された頭の痛みと、教授選で受けた心の痛みは消えることなく、今でもまだ生々しく思い出すことができる。

「では、そろそろ時間ですので、よろしいでしょうか？」

ぼくは数え切れないほどの敵意に半ばぐったりし、かろうじて背筋を伸ばして軽く頬に笑みを浮かべた。

これだけ攻撃されても平常心でいられる人間であることを、なんとか証明したかった。

「大塚先生、ありがとうございました」

選考委員長の挨拶で、ぼくは静かに会場を後にしようとした。

だがそのとき、衝撃の言葉がマイクを通して会場に響き渡った。

「研究の実績はありますが、臨床はやや苦手ということでした」

なんと締めの挨拶で、選考委員長がこう総評したのだ。

頭が真っ白になった瞬間だった。

中立であるはずの選考委員長が、ネガティブな印象を植え付けるために最後の最後で発言……!!

病院長派閥対学部長派閥の代理戦争だったぼくの教授選は、敵対する学部長派閥が攻勢のままプレゼンを終えた。

●

さて、これくらいのやり取りで驚かないでほしい。

敵対する候補を潰すという行為において、こんなのはほんの序の口にすぎない。

みなさんはお気づきだろうか。ぼくがインターネットで有名になっていることに嫌悪感を示していた選考委員長が、プレゼンではいっさい触れてこなかったことを。

ぼくの息の根を止めるための攻撃は、ここからさらに激しさを増すのである。

●

悪い知らせというのはどうしてこうも続くのだろう。

教授選と天秤《てんびん》にかけ、覚悟を決めて告知したはずの新刊のサイン会が中止となった。

原因は、新型コロナウイルス感染症のパンデミックである。

二〇二〇年一月当初、まさかここまで世界を変えてしまう歴史的な出来事になるとは思わず、ぼくはテレビで流れるニュースを他人事として眺めていた。

それが三月になり、芸能人や有名人が亡くなり、四月には緊急事態宣言も発出された。あっという間に世の中はコロナに染まり、サイン会どころではなくなってしまったのだった。

楽しみにしていた自著のサイン会だが、とても開催できる雰囲気ではなかった。

そしてもう一つの悪い知らせは、金曜の夜に知らされた。

「もしもし、大塚先生ですか?」

特徴的な渋みのある低い声で、すぐに内通者の吉村教授だと分かる。

「先日はプレゼンご苦労さまでした」

教授選のプレゼンが終わって以降、吉村から連絡をもらうのは初めてであった。それは、あの忌まわしい質疑応答の印象を吉村から聞くのが怖く、意識的に連絡を取らなかったせいもある。

「先生の発表は素晴らしかったです」

「ありがとうございます」

「でも、まさか最後に選考委員長が印象操作するとはびっくりしました」

「ぼくもです」

そう、思い出したくないほど嫌な思いをした、悪夢のプレゼン。最後に〝臨床ができない候補者〟という印象を残そうとした選考委員長の言葉は衝撃的であった。

「ところで」

吉村はここで一息つく。

「投票前に困ったことが起きました」

「何でしょうか？」

緊張を抑えきれずに声が上ずる。

教授選の投票は、最終決戦のプレゼンが終わった直後に行われる場合と、一カ月くらい経過した教授会で行われる場合がある。ぼくの場合、一回目の教授選も、今回の教授選も、プレゼンから投票まで一カ月期間が空いた。

一般的には、プレゼンが終わった直後に教授選考委員会が開催され、プレゼンの総評を行う。あの人は良かった、この部分がちょっと心配だ、など忌憚《きたん》ない意見が飛び交い、選考委員会としてどの候補者を推薦するか、順位づけする。一位になれば、投票で勝つ確率はぐんと上がる。しかし二位でも、投票でひっくり返ることがある。甲乙つけがたい場合は、順位をつけずに投票に進むこともある。ちなみに、あえて甲乙つけず、投票までの間に政治で票をまとめようとする場合もある。とにかく教授選は魑魅魍魎《ちみもうりよう》が跋扈《ばつこ》する世界なのだ。

「プレゼンの後の選考委員会で、先生がインターネットで有名なことが話題に挙がりました」

それはすでに面接で突っ込まれた内容ではあったが、プレゼンでは一切攻撃されていなかったため、完全に不意を突かれた。

「また議題に挙がったのですか？」

「はい、それもかなり深刻です」

ここに来て、自分の勘違いに気がつく。

——出過ぎた杭は打たれない、というのは幻想にすぎない。特にアカデミアの世界では。

ぼくは呼吸を整え、吉村の次の言葉を待つ。

「いったいどんな議論になったのでしょうか？」

「少し言いづらいのですが」

「はい」

「先生に関する怪文書が出回ったようです」

「怪文書？」

思わず電話口で大きな声をあげる。

――まさか、今の時代に怪文書とは。

「先生がツイッターに患者の悪口を書いたり、下品な言葉をつぶやいているという証拠画像があるようです」

「いやいや、そんなこと一切つぶやいていません！」

――どういうことだ？　全く話が分からない。

「先生はツイッターをされてますよね？」

「はい、やっております」

「その画像には確かに患者の悪口が書かれていたと聞いています」

「いえ、そんなはずはありません」

フル回転で頭を働かせる。

「本当にそれは私のツイッターですか？」

「そう聞いてます。先生の似顔絵のアイコンとその横にあるツイートに患者さんの悪口が書かれているとのことです」

一つの可能性がパッと頭に浮かぶ。

——Twitter画面の捏造《ねつぞう》。

「その画像をぼくにも見せてもらえませんか？」

「残念ながら回収されてしまったようで手元にはありません。選考委員会の中だけで共有されたのでしょう」

そう言って吉村は口を閉じた。


Twitter画像の捏造なんて、いとも容易《たやす》いことだ。画像編集ソフトを使い慣れている人間であれば、朝飯前のことだろう。残念ながら教授陣でＳＮＳに詳しい者は少ない。そう考えると、この捏造は効果抜群の作戦だった。もし万が一、「Twitterに詳しい人物が「検索しましたが、そんなことつぶやいていませんでした」と言ったとしても、「慌てて削除したようです」と答えれば煙《けむ》に巻ける。

学部長派閥からの攻撃は、えげつないほど卑怯《ひきょう》なものだった。それは教授選という戦いのルールを熟知した誰かが、自分の利益となるように完璧に張り巡らせた罠でもあった。

ぼくは気を取り直して会話を再開した。

「先生にはちゃんとお伝えしておきたいのですが、私はツイッターで患者さんのことを悪く言ったり下品なことを書いたりしてはいません」

「はい、そう信じてます」

「信じてます」という言葉に肩を落とす。「分かってます」という返事ではない。

ずっと応援してくれた吉村でさえこの反応だ。おそらく捏造したTwitter画像を見た選考委員はみんな鵜呑《うの》みにしてしまっているに違いない。

改めて教授選というものが怖くなった。

怪文書というのが世の中にあるというのは噂では聞いたことがあった。しかしまさか、こうして自分の教授選で使われることになるとは。そんなのはドラマや小説の中だけの話だと思っていた。

「なんとか先生の誤解が解けるように、こちらで動きます」

「ありがとうございます」

今思えば脇が甘かったのだ。

Twitterなどという、古い世代には認められていないツールを使って情報発信を行うなど、無謀な行為だった。

たとえ内容を考え、慎重に発言していたとしても、敵から見れば隙だらけだ。

——しかし。

影を潜めていた闘志がムズムズッと湧き上がってくるのを感じた。

そうやって新しいものを潰していく組織に、将来の発展はあるのだろうか？

古狸《ふるだぬき》だけが居心地の良い世界に、明るい未来はない。

ぼくは必ず、新しいカタチの医局を作る。


ぼくが属していると思われている（ぼく自身は属したつもりはなかったが）病院長

派閥の巻き返しはすごいものだった。

「事前の票読みでは、先生がわずかに有利です」

投票前日にかかってきた電話では吉村教授の声は弾んでいた。

「やはり目に見える業績は強い。先生のこれまでの努力の賜物《たまもの》です！」

「ありがとうございます」

「そもそも、私はあの対抗馬の先生のことは評価していませんから」

吉村はここで口をつぐんだ。

対抗馬の市原直樹《いちはらなおき》は、医学部長の大学院時代の愛弟子という噂だ。歳は五十過ぎ。

ぼくは一度だけ、学会で市原の発表を聞いたことがある。聴衆の方を見向きもせず、スクリーンに向かってボソボソと喋る姿が印象に強く残っている。

「あまり人のことを悪く言いたくはありませんが、市原先生は医学部長のイエスマンだから最終選考に残ったのだと思います」

吉村は静かに言った。

権力者のイエスマンであること、教授選を通して耳にした市原の情報は、結局それだけであった。大きな業績もない。いったいなぜ、彼が教授選の最終選考に残っているのか、裏事情を知らない人間は首を捻《ひね》るに違いない。

この戦いが、ただの教授選ではないことはすでに分かっていたことだ。蓋を開ければ、病院長派閥と医学部長派閥の代理戦争。マフィア映画さながらの裏工作が行われ、それに巻き込まれたぼくはすっかりボロボロになっていた。それでも最後まで戦い続けられたのは、診察することができなかったアトピー患者さんの思い出や、亡くなった宇山の遺志、そして前野とは違う良いチームを作って良い仕事がしたいという思い。これまで経験した全ての思いを忘れていなかったからだ。


投票日は奇《く》しくも、谷口がK大学の教授に選ばれた選挙の日と同じ、カンファレンスが開催される水曜日だった。

この日に投票が行われることは、カンファレンスに参加しているメンバーはなぜかみんな知っていた。ただ知っていても口にする者は誰もいなかった。

ぼくはさすがに緊張を隠すことをできずにいた。

「七十二歳男性、左足背《そくはい》の悪性黒色腫の患者さんです」

入院患者の説明を行う研修医の声も、どこか遠くで流れている音楽のように聞こえる。

「というわけで、いかがでしょうか？」

あたりがシーンとなり、ワンテンポ遅れてみんながぼくに注目する。

「大塚先生、この患者さん、がん免疫療法いけると思いますか？」

——あ、ぼくか。

さすがに聞いていなかったとは言えない。

「はい、そうですね。また後でデータ見せてください」

「分かりました。では次の患者さんにいきます」

研修医は不満足そうな顔を一瞬見せたものの、すぐに手元の資料をめくった。目の前のスクリーンには次の入院患者の患部が映し出されていた。

ぼくは携帯を握りしめ、内通者からの連絡を待つ。じっとりと手のひらに汗がにじむ。

内定の連絡はカンファレンスの最中に来てくれることが望ましい。ずっとそう考えていた。そうすれば――

「大塚先生、おめでとうございます」

がっちりと熱い握手を谷口と交わす。みんなから祝福され、部屋は明るい空気にガラッと変わる。その中でカンファレンスが続けられる。当直明けの研修医も目が覚めるだろう。教授選に勝ったという知らせをリアルで聞ける医者は少ない。だからぼくは妄想していた。

しかし、現実は違った。そのまま午後五時を過ぎ、学会発表の予行練習も終わり、午後六時となってカンファレンスは終了した。

結局、教授選の結果はベストのタイミングで届かなかった。

ぼくの携帯が鳴ったのは、部屋に戻って一息ついたタイミング。これから幹部ミーティングが始まろうとしていたときであった。

「もしもし、投票が終わりました」

「はい」

それ以上の言葉が吉村から出てこない。しばらくの沈黙の後だった。

「この戦いをけんどちょうらいの糧《かて》にしてください」

「はい？」

「捲土重来《けんどちょうらい》の糧にしてほしいです。今回の結果は残念でしたが、失敗を恐れずに戦い続けることが大事です」

「そうですか。ありがとうございます。残念です」

「お力になれず申し訳ありませんでした」

「いえいえ、こちらこそ力不足で申し訳ありませんでした」

全身の力が一気に抜ける。とても悪い方向に。

「ところで投票数はどうだったのでしょうか？」

もしかして一票差だったりするのだろうか。だとしたらあまりにも悔しすぎる。

「先生が十九票です」

「十九票？」

「はい、それで、一方の対抗馬が……」

吉村はここで言いよどむ。

「対抗馬が四十一票でした」

ぼくは言葉を失い、重い空気が電話口で流れた。

「そんなに差がついたのですか」

「外部委員の先生からのコメントが致命的でした」

「外部委員？」

教授選には、その科に詳しい外部委員が設置されることも多い。いわゆる「学会の重鎮と呼ばれる人たちが候補者をどう評価しているか」。教授選考委員は基本的には専門外なので、外部委員からの評価は大きく選考結果に影響する。

「外部委員からのコメントで『私は彼を推薦しない』と」

「え、いったい誰が？」

「荒木《あらき》先生です」

耳を疑った。

「N大学の荒木先生です」

「いや、そんなはずは……」

普段から仲良くしていた大御所の名前が挙がったことにぼくは完全に動揺した。いくつかのプロジェクトをともに成功させ、仕事だけでなくプライベートでも近い存在の教授だ。そんなはずはない。

「間違いありません」

後で知ったことだが、ここの大学の黒幕と外部委員の荒木は、同じ研究室で苦楽をともにした古くからの友人だったそうだ。

アカデミアの世界は怖い。たとえ表でニコニコしていても、考えていることは本人にしか分からない。敵は味方のふりをする、そんなドラマがかってあった。全くその通りだった。普段優しそうだからといって油断してはいけない。本当の姿は、利害関係が生まれたときにむっくりと現れてくるものなのだ。

まさに人間不信。

なにを信じてよいか、誰を信じてよいのか、分からなくなった瞬間であった。


すっかり日が落ちた帰り道、一人とぼとぼと鴨川沿いを歩く。

昨日の大雨で川は増水し、足下の土はぬかるんでいた。

こうしてぼくの二回目の教授選も惨敗に終わった。

できることは全てしたはずだった。

今回も政治に巻き込まれ、黒幕が暗躍した。

政治で結果を捻《ね》じ曲げようとする何者かがいる限り、ぼくが教授選に勝てる見込みは今後一生ない。

――もうぼくにできることはなにもないんだ。

真っ黒な鴨川に吸い込まれ、そのまま消えてしまいたい衝動に駆られる。

心身ともにすり減ったぼくは、生きる気力もなくしていた。

たかが教授選、されど教授選。

くだらない政治に巻き込まれて、自分のこれまでの業績と努力を否定された今、アカデミアに残る意味はなにもない。

絶望。

それは「医局を辞めよう」と思った一度目よりも、深い絶望だった。

鴨川沿いに広がる湿った土の匂いをかぎながら、ぼくは雨上がりのチューリッヒを思い出していた。留学中、家族三人で過ごしたあの穏やかな日々のことを。

数日ぶりに晴れたその日は、レンガ造りのアパートに面した広い庭で、妻と一緒にバーベキューの準備をしていた。

「あの娘《こ》、また私たちに手紙書いてきたわよ」

玉ねぎを包丁でざっくりと切りながら妻は言った。

「ここ最近、毎日だね」ぼくは炭を組み上げながら答えた。

「幼稚園でお絵かきの時間があるでしょ。そのたびに書いてくるのよ」

妻はそう言うとエプロンで手を拭って画用紙を広げて見せた。

「ママだいすき、パパだいすき、だって。いつも、ママだいすき、が先ね」

妻はぼくらの似顔絵が描いてあるその手紙を満足そうに眺めた。それから、静かに、「まだスイスドイツ語も分からないし、友達もできないし、あの娘《こ》さみしいんだと思う」と言った。

ぼくが留学するにあたり、妻は仕事を辞め、娘は大好きだった幼稚園を離れ、チューリッヒにやってくることになった。

家と職場の近くに日本人学校はなく、ぼくらは仕方なく娘を現地の幼稚園へと入園させた。

スイス人が二十人ほどいるクラスに日本人の女の子が一人。

先生を含め日本語が分かる人が誰一人いない中、娘は毎日静かにお絵かきをして時間を潰していた。

職場に向かう途中にあるその幼稚園に娘を送っていくのが、ぼくの朝の日課であった。

ある日、早朝から予定していた実験があったため、いつもより早く娘を幼稚園へと連れていったときのことである。

幼稚園のドアの手前で娘はつぶやいた。

「お腹《なか》が痛い」

「おトイレ行く?」

「大丈夫」

「パパが先生に言ってあげようか?」

「ううん」

そう言うと、自分からドアを開け、ひょこひょこと室内へと歩いていく。

奥のテーブルについたのを確認して、ぼくは静かにドアを閉めた。

幼稚園の建物の脇を通り、大通りへと向かう途中、大きな窓越しに娘が画用紙に一人向かう姿が見えた。

手を振ろうとしたぼくは、娘と目が合った。

そこには、今まで見たことのない娘の悲しそうな瞳があった。

――どうして私は、友達もいないこの幼稚園で頑張らないといけないの？

意味も分からず、友達と離れることになり、言葉の通じない国にやってきた娘は、それでも一人で頑張っていた。

ただ、親を信じて。


賀茂大橋の下の暗い小道を歩きながら、ぼくはあのときの娘の表情を思い出した。

このあたりは街灯の間隔が長く、暗闇がしっとりとぼくの体を包み込んでいる。

ほんの少しだけコンクリートで舗装してあるゴツゴツとした道を歩く。

パッと目の前を、白い猫がゆっくりと横切る。そういえば、ここには野良猫が住んでいたっけ。

ゆっくりゆっくり歩き、橋の下を抜けると街の灯りが煌々《こうこう》としていた。

――まだ光はある。

そのとき、誰かが耳元でささやいたような気がした。

「もうダメだと思ってからが本当の勝負だ」

ぼくの目の前に強力な助っ人、ホワイトナイトが登場したのはこのすぐ後のことだった。

C大学、
お前もか……!?

大学院生の態度に激怒し、三階の研究室の窓から椅子を投げ捨てたという伝説を持つその男は、かつての面影を潜めた穏やかな笑みを浮かべ、ぼくの目の前に現れた。

「まだ若いんやし、決まるまで教授選に出続ければええよ。命を取られるわけでもないんやから」

これがたとえ年長者の意見だとしても、教授選に出たことがない人間に言われるのと、目の前の男に言われるのとでは言葉の重みが違う。

なにせこの老人も教授選には苦労し、何回も辛酸をなめた経験を持つからだ。

その末に教授になってからの底力は、すごかった。着々と病院内の信頼を集め、医学部長を経験した後、最後は大学のトップまで上り詰め、七十を過ぎてアカデミアの世界からは離れた。

今は小さなクリニックの雇われ院長として、日々、目の前の患者と向き合う毎日を送っている。

「私が教授をしてた頃と今では、時代が違う。医局も変わらなあかん」

大学に何十年と身をうずめていたはずなのに、思考は柔軟で視野が広い。医局員から「織田信長」と呼ばれ恐れられていたかつての姿は、この好々爺《こうこうや》からは微塵《みじん》も感じられなかった。


「大橋《おおはし》先生に話を聞いてもらうのはどうだろう?」

それはボスである谷口から突如提案されたものだった。

二回目の教授選が惨敗に終わったぼくは、周りが心配するほどに明らかに落ち込んでいた。前野研で経験した鬱病に近い状態に陥り、ふらふらと日々を過ごしていた。頭に浮かぶ思考は「死」と「黒幕に対する恨み」。交互に訪れる黒い感情に振り回され、自暴自棄になっていた。その姿を見かねた谷口が引き合わせてくれたのが、この名誉教授、大橋克典《かつのり》という男である。

「まずは教授選に提出した資料を見せてもらってもええかな？」

いまや好々爺となった大橋は穏やかに言った。

「業績は十分やけど……」

そう口にすると、ぼくが書いた抱負をじっくりと読み始める。

「この書き方では、豊富な業績が鼻につく」

ばっさりと刀で斬られたような気分だった。

「皮膚悪性腫瘍のオピニオンリーダーであると自負する、という表現はあかん。これが欧米の研究室でポストを取りにいく書類なら、こういう自信を持った書き方で構わへんけど、ここは日本やで。自負するという言い方は偉そうに聞こえる。もっと謙虚に文章を書かな反感を持たれる」

彼はここまで一気にまくしたてると、静かに書類に視線を落とした。

「手術記録はひどいもんやな」

「なしならなしで潔くそう書くべきや。やってこおへんかったもんはしゃーない。そもそも手術が得意なやつがほしかったら、雀《すずめ》の涙程度しか手術業績がない君を選ばん」

ぼくはいたたまれなくなり頭を下げる。

「すみません」

「まぁ、ストーリーは良いから、あとは細かな表現に気をつけることやな。業績を熱心にアピールしたい気持ちは分かる。ただ、それに嫌味な印象を持たれたらマイナスや。もっと上手にアピールせなあかん」

そう言うと書類をバサッと机に放り投げ、彼はこちらをギラリと睨《にら》んだ。

「ほな、プレゼンもやってみよか」

大橋に、急にかつての鋭さが戻ったようだった。

ぼくは冷や汗をかきながら、何十回と繰り返したプレゼンを披露した。

研究の考察を喋りだした瞬間に、刀は振り下ろされた。

「その説明、ほんまか?」

質問の真意を捉えられず、言葉に詰まっていると、次の一振りがやってくる。

「ちゃんと論文を調べて確かなことを喋らなあかん。君は何十人もの教授の前でこの話をするわけやな。教授というのはその道の専門家や。そりゃ、君が経験したような、政治ばっかりやってるどうしようもないやつもいる。しかし、そいつらかて、その道のスペシャリストや。君が適当に喋ったことはすぐに見抜かれるわ」

癖のある関西弁で一気にまくしたてると、「はい、続けて」と言い放ち、両手をテーブルの前で静かに組んだ。

もちろんきちんと調べていたつもりだ。けれど、少し甘えて濁した部分があったことは否めない。そこを大橋には見抜かれていた。何度も何度も繰り返し練習したはずのぼくのプレゼンは、完全にペースが崩れ、ひどいものとなった。

しかし、嫌な気持ちはしなかった。これぞ予行練習といえるような、愛のあるシゴキでもあった。

ぼくはなんとか最後のスライドにたどり着き、本番っぽく熱を込めて抱負を語り、締めくくった。

「ご清聴ありがとうございました」

大橋は右肘《みぎひじ》をテーブルについてなにか考えている様子だった。

「まぁ、悪くはない」

その言葉にぼくは少しがっかりした。大橋を前にしての発表は、緊張して思うようにいかなかったが、内容には自信があった。褒めてもらえると期待していたのだが、それは甘い考えだと思い知らされた。

トントントントン――

一定のリズムで机を軽く叩いていた大橋の手が止まり、

「よし」と言って立ち上がった。

「お忙しい中ありがとうございました」

ぼくは深々と老将に頭を下げた。

頭上からその男の声が聞こえる。

「あと最後に」

「はい、なんでしょう」

「本番はその眼鏡はやめとけ。生意気に見える」

ぼくは、厚い黒縁の眼鏡を思わずはずした。


教授選の資料やプレゼンというのは、沢山の人間に事前に見てもらうことが必要だ。

このときぼくは、改めて人の意見を聞く大切さを実感した。

実際のところ教授選に出る前は、かなりの数の人に資料やプレゼンのアドバイスをもらった。特に現役の教授や名誉教授の意見は参考になるものばかりだった。教授を選ぶ側の経験がある人間は、それなりのコメントをくれることが多いからだ。

何事も経験。

諦めなければ失敗ではない。

辛かった記憶も、今となってはそんなありふれた教訓で片づけることができる。

しかし、教授選で苦しんだこの期間は、そんなことを考える余裕もなかった。

大橋の指導により、少し上向いた心も、結局すぐに奈落の底へと墜落してしまう。

三回目の教授選の話もちらほらと出始めた頃、追い打ちをかける出来事が起きたからだ。

残忍なマフィアの仕事は、本人を仕留めたからといって、そこで終わりではない。亡骸《なきがら》を見せしめのように晒し、自分に歯向かった者に対する警告として利用する。

二回目の教授選の黒幕は、完全なるアカデミアマフィアであり、彼の目的は、とことんぼくを潰すことだったようだ。

なんと、三回目の教授選への妨害が始まったのである。

教授選は、同時に複数の大学に応募できない。

A大学の教授選に出馬する場合、結果が出るまでB大学の教授選に応募してはいけないという暗黙のルールがある。

そのため、複数の教授選が行われる状況となれば、慎重に出馬先を検討しなければならない。

大学側のほしい人材、その医局が自分に合うかどうか、といったことから始まり、ここ最近の教授選の状況、そしてライバルがどこの教授選に出るかなどの情報も入り交じる情報戦だ。

大学との相性はとても大事だ。その大学がなにに力を入れているのかを知ることがまず重要となる。研究でいえば、基礎研究なのか臨床研究なのか、自分の専門分野と、「力を入れている部分」がどうマッチするのかを考える必要がある。

さらに、ここ数年の教授選の結果を知ることで、その大学で働く〝見えないパワーバランス〟を知ることができる。例えば、連続で学内の准教授が教授に上がっている大学は、内部候補者に有利な判定が下ることが多い。

ライバルの動向も重要だ。同世代の優秀な仲間たちがどこに出馬するか、事前に知っておくことができれば戦い方も変わる。

三回目の教授選では、三つの選択肢がぼくには存在した。

基礎研究が強い国立の二大学と、臨床研究に力を入れている私立大学。

選考過程が最低でも半年かかることを考えると、三つのうちどれか一つに絞り込んで応募するしかない。

今ぼくの目の前には、三つの扉がある。

バラエティー番組でよく見る、扉の向こうに安全マットがあると信じて、どれか一つに全力で飛び込むシーンが映像として頭に浮かんだ。すでに二回、扉の向こうの泥水を飲んだ人間にとって、三回目のチャレンジは足がすくむほど怖いものだった。

——神様が事前に教えてくれたら楽なのに。


大橋からの連絡が届いたのは、ぼくが教授選について相談し、プレゼンをバッサリ斬られてから約二週間後のことだった。

「B大学の教授選に出るのはやめとけ」

挨拶もそこそこに開口一番、結論からバシッと伝える声は、威厳に満ちていた。

「B大学の選考委員長のところに、君のツイッターに関する怪文書が届いてる」

「どういうことですか?」

「情報元は言えへんけど、誰かが君の教授選を妨害してるみたいや」

絶望的な気持ちになった。

まさか、ぼくを落とした大学の黒幕が、次の教授選の妨害までしてくるとは。

三回目の教授選も、業績とは関係ないところで再び苦しめられることになるのか
——想像して胸が締めつけられた。

「なんでそんなことをするんでしょう? 前回の教授選でぼくは負けました。もし勝っていて、それで嫌がらせを受けるならまだ分かります。負けてさらに次の教授選の妨害までされるなんて、意味が分かりません」

ぼくは怒りを抑えきれず早口でまくし立てた。

「政治で勝ったということの隠蔽のためやろ」

「どういうことですか?」

「前回の教授選は、業績から見れば君が確実に勝っていた、それは第三者にも明らかや」

どきりとした。なぜ自分が教授選に負けたのか。実力的には十分だと判断したからこそ出馬したつもりだった。でも自分では気づいていない〝足りないなにか〟があったのだ。弱点として突かれた手術実績の件は、どの教授選でも大きな問題になるのかもしれない。敵方の暗躍で、Twitterに関する嘘の噂を立てられ、業績とは別のところでめちゃくちゃにされた。あれさえなければという気持ちがどうしても起きてしまうのだが、同時に自分のせいなのではないかという不安が消えることもなかった。

「ありがとうございます」ぼくは頭を下げた。

「教授選のこの結果だけがあちこちに広まったらどうなる？」

「……あの大学はおかしな教授選をやってると、評判になります」

「そうやろ。そんな噂が立ってみ、大学の評判を落とすことになってかなり困るわけや。そうならへんようにするには、君が教授選に落ちた正当な理由を第三者が知ることが重要となるわな」

「ええ、そんなことのために……？」

「政治に長けた教授というのは、そこまで完璧にやるもんや。まぁ、私は全部お見通しやけどな」

そう言って大橋は声を出して笑った。

「物は考えようや。教授選に応募する前に、出たらあかん大学が分かっただけありがたいやろ」

確かに大橋の言う通りだ。

事前に扉の向こうに泥水が待っていると知ることができたのは本当にありがたい。

「先生、でも全ての大学で同じことをされたら、ぼくはどの教授選も勝てません」

「確かに、全ての大学に根回しされたらそうなるやろな。でも考えてみ。そこまでの人脈を持ってるやつがどこにいる？　全国の大学の内部事情を網羅的に把握し、各々の選考委員長と個人的にやり取りできる人間などいいひん」

なるほど、と思った。

同時に、電話口の向こうのこの男――医学界の織田信長ならそれが可能なのでは？

と一瞬頭に浮かんだが、ぐっと飲み込んだ。

「で、君はA大学とC大学のどっちの教授選に出るつもりや？」

とっさの質問に言葉が詰まる。

「先生はどちらが合ってると思いますか？」

「そうやな。今までの基礎研究を続けるならA大学やろうな。あの大学は研究の底力がある。実際のところ、旧帝大に負けへんくらいの研究業績を挙げてる」

「なるほど」

「一方のC大学は私立大学やけど、勢いがある。ここ数年の教授選の結果を見ると、日本中から優秀な人材を集めているようやな」

歴史や実績を考えるとA大学だが、C大学の勢いも魅力的、というわけだ。

「君はマスコミにも出てるしSNSもやるから、そういうのが認められる大学がええやろな」

思えば医学生の頃、関西に遊びに行った電車の中で驚いた記憶がある。

いつも通り何気なく車内を見渡したとき、一つのつり革広告に目が留まった。

一見、週刊誌の次号予告に思えたその広告は、よく読んでみるとなんと大学の募集案内だったのだ。

——こんな奇抜なつり革広告を出す大学はいったいどこなんだろうか。

目でたどった大学名が頭の片隅から離れずに、二十年近く経過していた。

まさか自分がその大学の教授選に出ることになるとは。

電話口の向こうから大橋の声が聞こえてくる。

「君に合うのはC大学。関西私立大学の雄や」


教授選の書類選考では、業績もさることながら、推薦状も重要だ。

多くの候補者は、自分のボスである教授と、国内の著名な教授の二人から、推薦状をもらって、選考委員へ提出する。学会の理事クラスの先生から推薦状をいただければ審査員の心証にプラスに働く。逆に、自分のボスである教授からの推薦状がない場合、なぜ一番近くで応援してくれるはずの上司から推薦状をもらえないのか、審査員は変に勘ぐることになる。

三回目の教授選に出馬することを決めたぼくは、谷口から推薦状をもらった後、もう一人の推薦状を誰にもらうか頭を悩ませていた。

より効果的で威力を発揮する推薦状を準備したい。

そう考えた末に、思い浮かんだのはスイスに留学した時のボスであった。

ハリソン・フォードに似たドイツ人のボスは、悪性黒色腫の臨床研究の分野で第一人者であった。がん治療の新たな道をひらく免疫チェックポイント阻害剤や分子標的薬など、新規薬剤の開発ラッシュに沸いた二〇一〇年代前半、ヨーロッパで行われた治験の数多くが彼の施設で実施され、ファーストオーサー（筆頭著者）としていくつもの論文が『The NEW ENGLAND JOURNAL of MEDICINE』に掲載された。これまでの総インパクトファクターが六〇〇〇点超え。教授選に応募する強者たちのインパクトファクターでも二〇〇点や三〇〇点が多いことを考えると、彼は超《スーパー》サイヤ人のような男であった。

実は最初、彼の研究室に留学するつもりはなかった。スイスのダボスに存在するアレルギー研究所を訪問したついでに、見学に立ち寄った先だった。

研究者たちの好きな言葉に〝セレンディピティ〟というものがある。

セレンディピティとは、偶然をきっかけに予想外の発見をすることを指す。

〝ハリソン・フォード〟との出会いはまさにセレンディピティであった。当時まだ五十代前半だった彼は、アジアから〝ついでに訪問した若造〟のぼくをとても丁寧にもてなしてくれた。

カンファレンスではゆっくりとした英語で解説してくれ、ときに冗談を交えてぼくの緊張をほぐしてくれた。彼が最大限のおもてなしをしてくれたことに、いたく感激したことが忘れられない。

世界の超一流というのはこのような人を指すのだろうと、肌で感じた瞬間だった。

鮮烈な記憶が残ったまま日本に帰国し、いよいよ留学先を決めなければならなくなったある日、彼から一通のメールが届いた。

「ダボスで研究合宿があるから一緒に参加しないか?」

ぼくは二つ返事で「もちろん、喜んで」と答え、急いで格安の航空券を手配したのだ。

ダボスでの研究合宿は充実したものであった。彼のチームに所属する大学院生や博士課程を終えたポスドクがそれぞれ発表し、白熱したディスカッションが繰り広げられた。腫瘍免疫についてまだ詳しく理解していなかったぼくも、研究のレベルの高さに圧倒された。

午前の濃密な研究会が終わると、午後には全員でスキー場に向かうレクリエーションが待っていた。

大学時代、競技スキー部だったぼくは自信満々でゲレンデに向かったが、その高く伸びた鼻はすぐにへし折られることとなる。

気持ちよく滑るぼくの横を猛スピードで滑降していく現地の子どもたち。スイス国民のスキーレベルは圧倒的に高かった。

さて、ここで大きな事件が勃発したのである。

ぼくは昔から重度の方向音痴である。そのことが影響し、スキー場で仲間たちとはぐれ、迷子になってしまったのだ。

スイスの広大なスキー場は、日本のような丁寧な案内や看板がない。あったとしてもドイツ語かフランス語で書かれたものだ。よく分からないままに麓と思われる方へ下がっていくと、いつの間にやら山の中へ吸い込まれ、夕日は徐々に山陰へと沈んでいった。

——遭難したかもしれない。

そう思った瞬間、全身から冷や汗が出た。

さまよいながら雪道をスキーで下る途中、ついに雪がなくなり、土の斜面が剝き出しになった。ぼくはスキー板を脱ぎ、肩に担いで、さらに山を降りていった。

森の先に街の明かりがわずかに見えたときは、正直「助かった」と胸をなでおろしたものだ。

しかし、ぼくは登ってきた山の反対側に降りてしまっていた。方向音痴もここまでいくとシャレにならない。結局スキーブーツを履いたまま電車を乗り継ぎ、なんとか合宿先のホテルに向かった。

ホテルの玄関では、心配そうな表情を浮かべたハリソン・フォード似のボスが待っていた。

はぐれてしまったことをぼくは詫《わ》び、彼も、異国の地で怖い思いをさせてしまったと謝っていた。

そして、その夜のパーティーでぼくらは意気投合した。新規がん免疫療法について、ぼくは専門の免疫の立場から意見を述べ、彼は皮膚がんの専門家として将来の有望性を語った。いまや、抗がん剤と並んでがん治療の柱となった免疫チェックポイント阻害剤につながる研究が、まだノーベル賞を受賞する前の話である。

お酒もだいぶ回った頃、ダンスパーティーが始まった。上機嫌になった〝ハリソン・フォード〟は、大学院生やポスドクの美女に囲まれながら華麗にダンスを踊り、ぼくにこう言った。

「私たちのグループへようこそ！　君は無事にダボスの山から生還した。試験に合格だ」

　おちゃめに笑う彼の顔を見て、ぼくはこの人のもとへ留学しようと決意したのであった。


　こんなエピソードもある。

　いよいよ留学の期間を終えて、帰国が間近に迫った日曜日。彼は休日を丸一日使い、ぼくら家族のために動物園を案内してくれた。スイスドイツ語が喋れるようになった娘は、すっかり〝ハリソン・フォード〟になついていた。超一流の皮膚科医が、わが子に象やイノシシの解説をしている姿は、今も忘れることができない。

　世界中を飛び回り、休む時間もほとんどない彼が、貴重な休日を使って送別をしてくれたことに深く感動した。

　留学から帰ってきてからも、彼とは長い付き合いを続けている。彼のもとで行った研究は、帰国後にがん研究の有名雑誌に掲載され、表紙を飾ることもできた。そしてその後も悪性黒色腫の国際共同研究を続けることとなった。国際学会では、ぼくをシンポジストや座長に指名してくれる場面も増えた。世界の最先端を見せてもらえたのは彼のおかげだと言って間違いない。

「教授選に出るので推薦状を書いてほしい」と彼にメールをしたその日の晩、〝ハリソン・フォード〟からはすぐにOKの返事が届いた。

推薦状のPDFは早々にメールで届き、現物も後日郵送してくれるというところまで、全てやってもらえた。

能力や知識だけでなく人間性も素晴らしい人物で、感謝が尽きない。

こういった経験もあるので、ぼくは若い医師たちに「留学は、できるならぜひした方がよい」と伝えている。もちろん、異国の地で暮らすのは楽しいことばかりではない。大変なことの方が多い。それでも、海外に住み、日本を外から冷静に眺めてみることで見えてくる世界もある。この国に漂う閉塞感は、一度海外に出てみないと分からないものだ。

さて、話を教授選に戻そう。

ぼくは大橋のアドバイス通り、書類を丁寧に見直し、謙虚さのない表現は徹底的に書き直し、留学先のボスから届いた推薦状を添えて、選考委員会へ提出した。

その約二カ月後、ぼくのもとに書類審査の合格の通知と、面接の案内がメールで届く。


――よし！

思わず拳を強く握りしめた。

次こそ、三度目の正直だ！


教授選の面接は、大学によって全く違う。

それは形式の話だけでなく、雰囲気に関しても。

三回目の教授選の面接は、びっくりするほど和やかな雰囲気で行われた。

「選考委員長の福島《ふくしま》です。よろしくお願いいたします」

「よろしくお願いします！」

「まぁ、そんなに硬くならずに」

面接官の好意的な笑い声が大学の応接間に広がり、ぼくは胸をなでおろす。

「では、先生のこれまでの教育、研究、臨床の実績と今後の抱負についてお話ししてください」

どこの教授選でも間違いなく聞かれる質問。この内容を中心に、その後の面接が進む。ぼくは、大橋のアドバイスを基に、謙虚に、丁寧に、自らの業績を説明した。業績が自分の手柄のように聞こえる言い回しは全て直した。上司や大学院生に恵まれてこの場所にいることを心底から伝えようと熱を込めて話した。もちろん、これまでも周りへの感謝を忘れていたわけではない。ただ、もっともっと感謝し、それを意識的に示さなければ、周りには伝わらないということは、教授選を通して学んだことだ。

そこからの流れは実にスムーズであった。

研究面では、アトピー性皮膚炎の創薬の話について質問を受け、ぼくは控えめにその実績をアピールした。

「谷口教授のご指導のもと、代表研究者として三年間で五〇〇〇万円の研究費を獲得することができました」

息を呑む面接官。「それはすごい」という雰囲気が静かに伝わり、手応えを感じる。

専門とする皮膚がんに関しては、

「先生は抗がん剤が専門なんですね？」

と、ストレートに聞かれる。今まで意地悪な聞かれ方をすることに慣れていたせいか、逆に肩透かしを食らった。

二回目の教授選で「手術の経験が少ない」ことをこれでもかと指摘され、ぐうの音も出なくなった瞬間を思い出す。

和やかな雰囲気のまま、面接は終盤へと進む。

「ではそろそろ時間ですので、最後に私から質問させていただきます」

極めて順調に進んだ面接に思わずほっとしかけたときだった。

――全部終わって面接会場から出るまで、気を抜いてはいけない。

と改めて自分に言い聞かせ、質問の続きを待つ。

そして、その自戒が正しいものであったことは次の質問で明らかになる。

「先生はＳＮＳを積極的にやられていますが、こちらに来てからはどうされますか？」

――Ｃ大学、お前もか！

そんな気分だった。

二回目と全く同じ展開だ。

和やかに話を進める人ほど、最後の最後までとどめの必殺技を隠し持っているというのが人間界の掟《おきて》なのか。

――ここもダメなのか。

ぼくは絶望的な気持ちになった。

インターネットやSNSで医療情報の発信をすることは、そんなにもいけないことなんだろうか、と思ってしまうのだが、大学教授からすると危険にしか見えないというのも分かる。しかし一般の人に正しい医療情報を届ける必要性から目を背けるわけにはいかない。だが、大学の中にいるほど、その必要性を感じにくくなってしまうのかもしれない。確かにSNSの発信には炎上や誹謗《ひぼう》中傷がつきまとい、所属元にまで迷惑がかかるリスクもある。

「こちらの大学に移ってきた際には――」

ぼくはゆっくりと言葉を選んだ。

「大学の先生方にご迷惑をおかけしないよう、慎重にSNSを運用したいと思います」

神妙な面持ちで丁寧に答えたつもりだった。

ところが、その反応は意外なものだった。

「いやいやいや、どんどんSNSをやってください」

――え？

「先生の発信力で、うちの大学の皮膚科を盛り上げていってください」

あまりにも意外な反応にしばらく言葉が出なかった。

あれだけ、「スタンドプレーだ」「目立ちやがって」と揶揄《やゆ》されてきたぼくのSNSの活動が、〝発信力〟という言葉で初めてポジティブなものとして捉えられた瞬間だった。

今までと真逆の反応に世界が急に明るくなったように思えた。自然と言葉も饒舌《じょうぜつ》になる。

「はい、それでも炎上には気をつけます」

面接官の間で笑い声が広がった。

うまくいくときはとんとん拍子でうまくいく。

まれに人生にはそういう瞬間が存在する。

この大学とぼくは本当に合っているのかもしれない。裏で政治が働いている雰囲気は今回、全く感じられなかった。もちろん、そんな噂も聞かなかった。ぼくの業績を正面から評価してもらえたと、初めて感じられる経験だった。教授選というのは、もしかしたらお見合いと同じように相性の問題なのかもしれない。お互いに気に入った相手が見つかるまで前に進めば、きっと出会えると信じて。

ただ——

過去二回の教授選で辛酸をなめた経験があるぼくは、立ち止まる。

——ここで油断してはいけない。

怖いくらい障害もなく物事が進むときは、必ずどこかで落とし穴が待っている。浮かれているときこそ、足をすくわれるのである。

「先生が教授になったらついていってもいいですか?」

ある日、後輩の山口駿太郎《やまぐちしゅんたろう》がそう言ってきたことがある。

ぼくがK大学大学院を卒業して、初めて研究を指導したのがこの山口という男であった。

ひょろっとした体型で性格はのんびり屋。仕事には一生懸命だが、それ以上に三人の父親として責任感が強い。

「子供をお風呂に入れてからまた研究室に戻ってきます」

そう言って、夕方六時頃になると一旦は家に帰る。

その姿は、自分が大学院生だった頃を思い出させた。

大学院の指導教官であるぼくと山口は、ほぼ毎日、研究について話し合った。

「大塚先生、研究のプロトコールをチェックしてもらってもいいですか？」

「うん」

山口はぼくの前に実験ノートを広げた。

「ポジティブコントロールとネガティブコントロールは置いてあるよね？」

ぼくは念のために確認した。

どんな実験にも、コントロールというものが必要となる。実験系がうまくいったことを保証するポジティブコントロール、それからあらかじめ陰性の結果が出ることが分かっているネガティブコントロール。これら二つがない実験は、正しい実験とは言えない。

「はい、大丈夫です」

「前のデータ見せてくれる？」

そう言ってぼくは実験ノートを山口に返した。

「これです」

山口は該当するページをさっと開いた。

そこには綺麗にまとめられた実験データと考察が書かれていた。

「ネガティブデータでした」

つまり、実験はうまくいったけれども、思った通りの実験データが出なかったということだ。このとき、ぼくらは論文の最後のデータを出せずに苦しんでいた。

「なんでうまくいかないんだろうね」

ぼくは山口のノートをペラペラとめくりながら言った。

「もう諦めてここまでのデータで論文出しちゃダメですか？」

「そうだなぁ、前にも言ったけど、やっぱりこのデータが出ないと論文としてまとまらないと思う」

ぼくは山口の言葉に不満を感じながらも、なるべく感情を押し殺して答えた。

「でも何回やっても良い結果が出ません」

山口は声を震わせながら答えた。

「マウスに移入する細胞の純度が低いのかもしれない。もうワンステップ増やして、純度を上げてから移入してみよう」

「分かりました」

そう言うと、山口は眼に涙を浮かべて去っていった。

ぼくは山口が去った後、しばらく席を立てなかった。

——苦しいよな。苦しいのは分かる。でも、ここは踏ん張らないといけないところなんだ。

どうやってもポジティブなデータが出ない苦しみは、大学院生であれば乗り越えなければいけない壁なのだ。

ぼくも夜中に何度も実験をやり直して、明け方に出たネガティブデータに心を打ち砕かれたことがある。

うまくいかなくても、それはいくつもある仮説の中から一つの可能性を否定できたということ。前に進んでいる証拠だ。

いつか正解にたどり着く日がくる。それまで、ただ丁寧に実験を重ね、仮説を絞っていくしかないのである。

ぼくは指導教官として、山口が壁を越えてくれるのを信じて待つしかなかった。

二週間後のある日、山口は嬉しそうな表情でノートパソコンを持ってきた。

「やっと出ました」

画面には、最後のピースとなる実験データが綺麗に映し出されていた。

「おめでとう！」

ぼくは思わず山口の手を握った。

「ありがとうございます。ついに出ました」

山口はくしゃくしゃな笑みを浮かべた。

——よかった！　壁を乗り越えてくれた！

それからぼくらは論文を書き上げ、厳しい査読者からの指摘を受けて追加の実験を行い、なんとか論文を専門誌に載せることができた。

大学はぼくらの研究成果を大きく取り上げ、いくつか取材の電話もかかってきた。

ぼくは、初めての教え子が発表した論文が世間の注目を集めたことを喜んだ。

新聞記者を相手に、山口が発見した研究成果を得意げに説明した。

翌日、新聞の社会面には大々的に研究成果が載り、山口の名前もしっかり記載されていた。

「おめでとう」

ぼくは掲載紙を持って山口のデスクへと駆け寄った。

「ありがとうございます」

照れながら答える山口は、申し訳なさそうに言葉を続けた。

「でも、ぼく目立ちたくないんです。マスコミに登場するのはこれで最後にしてください」

「ごめん……」

ぼくの返事に、「いいですよ」と笑いながら山口は答えた。

〝前に前に〟と考え突き進んでいた自分。それとは正反対の山口。進む速度はゆっくりだが、でも確実に壁を越えて一回りも二回りも大きく逞《たくま》しくなっていた。

そんな山口の口から、「大塚先生についていきたい」との言葉を聞いたとき、ぼくは心から彼に感謝したのであった。

●

教授選は、最後の最後まで油断してはならない。

勝ちが見えてきた人間だけにかけられる言葉だ。

教授選は書類審査がまずあり、時に面接もあり、その後プレゼンの順に進むことが多い。そして、最終のプレゼンで投票が行われ、一人が教授候補として選ばれる。選ばれれば、よかった、おめでとう、めでたしめでたし、で終わる……かと思えば、実際はそうはいかない。最後の一人に選ばれた後も、あくまで教授候補にすぎない。審査や承認が待ち構え、ここでひっくり返ったという話も数多く知られている。内定取り消しというやつだ。

不祥事でそうなるのならやむを得ないことだ。自分の責任で失敗したのだから。しかし、どうやっても納得がいかない理由で、結果がひっくり返ることがある。最終選考を勝ち抜いた後で、悪い噂が立ったりするのである。例えば「あの人では地域の病院がまわらない」とか言われて、大学の上層部が「NO」を突きつけたという話も実際に聞いた。本当の理由はおそらく別のところにありそうだ、と、三度の教授選を経験したぼくは思ってしまうのだが。

こうやってひっくり返った教授選は、また初めから行われるのである。初めというのは本当に初め、書類選考の前の公募から、やり直しである。着任するその日まで、いつだって振り出しに戻る可能性を秘めているのが教授選なのだ。

三回目の教授選は、プレゼンも実に順調に進んだ。

ブラッシュアップしたスライドは、自信作だ。大学院で指導した山口の活躍を紹介した。山口は無事に医学博士を取得し、そのまま大学病院で助教となった。続いて、チューリッヒの留学から帰ってきた後も、〝ハリソン・フォード〟と継続している皮膚がんの共同研究を紹介した。さらに、谷口と開発したアトピー性皮膚炎の新薬について、今後の展望も含めて話した。

研究も臨床も、辛い思いをしたことは多々あった。どれも目標に向かっていく中で出てきた壁だ。振り返ってみると、運が良かっただけで決して自分の能力が高かったわけではないと思う。ここまで業績を積み上げてこられたのは、純粋に人に恵まれていたからだ。

プレゼンが終わると、目の前の教授陣から目一杯の拍手が送られた。そこには意地悪な質問も悪意のあるコメントもなく、純粋に仕事を評価してくれる仲間たちがいた。胸がいっぱいになる。

「ありがとうございました」

頭を下げると、ぼくは軽い足取りでプレゼン会場を後にした。

これで負けたら仕方がない。最終選考の相手が自分よりも純粋に優れていただけだ。でも、今回は自信がある。今度こそぼくは、この戦いに勝てるかもしれない。

やっと長いトンネルを抜け出すことができる。

沈みかけた太陽が金剛山に重なった。こんなにすがすがしい気持ちになった教授選は、三回目にして初めてであった。

「どうだった？」

玄関を開けるや否や、妻はエプロン姿のまま飛び出してきた。

「うん、意地悪な質問はされなかった」

「それはなにより。さぁ、今夜はパーティーよ」

ぼくは靴を脱ぎながら、「でも結局ダメかもしれない」と返事をした。

「そのときはしょうがない。どんな結果になろうが、今日はお疲れさま会をしましょう」

テーブルに着くとさっそく缶ビールを開け、「改めて、お疲れさま」と妻は言った。

「見て、このソーセージ懐かしいでしょ」

机の上に並べられた白ソーセージを指差して妻は言う。

「ほんとだ。よくスイスで食べたね」

ぼくは向かいの椅子に座る娘に「覚えてる？」と声をかけた。

「うーん、なんとなく？」娘は自信なさそうに笑う。

「そうそう、今日ね」

妻が冷えたグラスにビールを注ぎながら話し始める。

「この娘《こ》が将来医者になるって」

ぼくはソーセージを噴き出しそうになった。

「ほんとに？」

「うん。お医者さんになりたいって。ねぇ」

娘は小さく頷いた。

「お医者さんって、困っている人を助ける仕事だしかっこいいでしょ」

子供用のシャンパンを飲みながら娘は答えた。

「そうだね。でも大変だよ」ぼくは答えた。

「大変だけど、素晴らしい職業だよ」看護師の妻も答えた。

病気で苦しんでいる人を助ける。

それが医者の仕事だ。

教授になろうが他の道に進もうが、ぼくはこれからも医者を続ける。

小児喘息だったぼくを優しく抱き上げてくれたヒゲモジャの先生のように、多くの患者さんを助けていきたい。

娘に「ありがとう」と言った後、目頭がぐっと熱くなるのを感じた。

――大事なことを思い出させてくれてありがとう。


この解放感がずっと続けば、どれだけ幸せだろうか。

実際にはそうはいかないのが教授選である。

日が経つにつれ、自信と不安が交互に訪れた。

いつ、どういう形で自分に結果が知らされるか分からない日々に、慣れることはないだろう。自分を信じて待つ以外、できることはない。

そしてその日は、プレゼンが終わって二カ月後の金曜日にやってきた。


ぼくは病棟医長室で一人カルテを開き、三回目のオプジーボ（免疫チェックポイント阻害剤の一つ）投与が終わった悪性黒色腫の患者のCT画像を確認していた。左肺にあった転移巣は見るからに縮小している。よかった、ＰＲ（Partial Response：部分奏功）だ。

そのとき、白衣の左脇に入れたＰＨＳがブルブルと鳴った。

「はい、大塚です」

「交換です。C大学からお電話です。おつなぎしてもよろしいでしょうか？」

抑揚のない病院交換の声が、三回目の教授選の大学名を告げる。

「お願いします」

返事をする自分の声が上ずり、うまく発声できなかった。

「もしもし、大塚です」

「こちらC大学皮膚科選考委員長の福島です。先日はプレゼンにお越しくださりありがとうございました」

やはりそうだ。結果の連絡だ。

「こちらこそ、ありがとうございました」

「厳正なる選考を行いました結果――」

「はい」

――やばい、心臓が口から飛び出しそうだ。

「先生に皮膚科学講座の教授をお願いすることにいたしました」

――おおおお、やった。ついにやった。

湧き上がる喜びを最大限に抑制し、できる限り冷静な声で答える。

「ありがとうございます」

クールさを装ってみたものの、気持ちは甲子園を戦い切った球児のように、ホームベース前で帽子を取り、全力で頭を下げての「ありがとうございました！」であった。

「今年の四月一日から着任となります。どうぞよろしくお願いいたします」

「こちらこそ、よろしくお願いいたします」

ついに、やっと、ほんとうに、三度目の正直で教授選を勝つことができた。PHSを切ってすぐ、誰もいない部屋で一人ガッツポーズを決めた。

苦しかった教授選を、これで終わりにすることができる。

大急ぎで谷口に電話をする。これまでずっと教授選を応援してくれたのは、紛れもなく直属の上司、谷口であった。大喜びで返事をしてくれると思いきや、ほっとしたような声で「おめでとう」と言われた。それは、村上春樹の小説に出てくる主人公の言うような「やれやれ」という言葉のようにも聞こえた。そりゃそうか。これまで教授選の陰謀に振り回されてきたのはぼくだけではない。谷口も一緒に感情を消耗させられてきたのだ。こんなふうに支えてくれる上司がいるって、なんてありがたいことだろう。

ぼくは続けて、推薦状を書いてくれた留学先のボスや、一緒に研究を進めてきた後輩や仲間たちに、結果を報告していった。前野研究室で苦楽をともにした小出にもＬＩＮＥを送る。全員が一様に祝福してくれた。こんなに多くの人から「おめでとう」と言われたのはいつ以来だろうか。

インスタントコーヒーが入ったマグカップにお湯を注ぐ。

そして、両親に、と考えて、携帯に伸ばした手を止めた。教授選に勝ったとはいえ、まだ内定だ。ここからひっくり返ることだってある。万が一、ぬか喜びとなった場合は、高齢の父親の寿命を縮めてしまうかもしれない。

チューリッヒの街の絵が描かれたマグカップを口に運ぶ。

――自分で医局を運営するようになったら――

四月からのことに思いを馳せた。

――医局に存在する理不尽なことは全部なくそう。

働く人が幸せな医局を作ろう。新しい医局のカタチを実現しよう。

道のりは険しいと思うが、与えられた使命を全うしよう。

気がつくと、時計の針は七時を回っていた。

そろそろ、クリニックの診療が終わる時間だ。

的確なアドバイスをくれた大橋にも、お礼を言わなくてはいけない。

舞い上がって電話をするぼくに、大橋は茶目っ気たっぷりに言った。

「四月一日の着任までツイッターはやめとけ。炎上して内定取り消しになったらシャレにならへんからな」

ぼくは声を出して笑った。

「悪性黒色腫の患者さんですが、昨日から下痢だそうです。今日のオプジーボ投与はどうしましょうか？」

女性のか細い声が、ＰＨＳの向こうから聞こえてくる。

「下痢は何回くらい出たって？」

「あ、すみません。確認していなかったので聞いてみます」

「お願い。また連絡してください」

そう言って電話を切り、外来の診察に戻る。

「教授」

新しい電子カルテは使ったことのないタイプで、操作に手間取り、なかなか思うように診察が進まない。

「教授」

うーん、ＭＲＩをオーダーしたいのだが、どこのボタンを押せばいいのだろう。

「大塚教授」

椅子をくるっと捻ると、一年目の医局員が背後に立っていた。

「大塚教授、外来中にすみません。緊急入院となった薬疹の患者さんの治療方針を相談させてもらってもいいでしょうか？」

「ああ、はい。いいよ」

威圧感を与えないように、声色はいつもより軽めを心がけ、言葉を返す。


ぼくは四月一日より、無事に教授として着任していた。大きな混乱も悪意もスキャンダルもなく、目指していた教授になることができた。着任してすぐに外来診療が始まったわけだが、自分が教授になった実感は、いまだあるようなないような状態だ。「教授」と声をかけられて、すぐ自分のことだと気がつくまでにはもう少し時間がかかるだろう。

マンパワーと人材が豊富だったＫ大学とは違い、新しい職場は医局員も少ない。

悪性黒色腫に対する抗がん剤投与も、重症薬疹の治療も、教授自ら決めなければならない。

医局で起きる出来事の責任が全て自分にあると思うと、これまでに感じたことがないような緊張感に包まれた。ひよっこの教授はたどたどしく第一歩を踏み出したばかりである。

——まずは。

着任早々に医局制度改革に取り組むこととした。医局というのはこれまで一般的に伏魔殿と考えられているような場所である。その医局を変え、「最高の医局」を作ろう。

就業時間内にカンファレンスを終わらせること。病院内をぞろぞろ練り歩く教授総回診をなくすこと。理不尽な医局費をなくすこと。産休・育休中の医師の支援を行うこと。そして、お殿様みたいな教授にならないこと。

思いつく限りのアイディアをパソコンに打ち込み、順番に消していく作業を重ねる。やりたいこととやらなければならないことで、あっという間に時間が過ぎていく日々は充実していた。

医療情報発信も、これまでと同じように力を入れて活動することにした。この大学に来てびっくりしたのは、病院のサポート体制が充実しているということだった。

「大塚教授、新聞の取材依頼が届いてますが、受けてくださいますか？」

凄腕《すごうで》の広報担当者がいるおかげで、ぼくの負担は最小限で情報発信が可能となった。

「大塚教授の発信力をぜひお借りしたいです」

これまで苦労してきたことが報われた瞬間だった。

――そういえば。

ふと、自分が教授選で落ちたS大学の様子が気になり、インターネットで検索してみる。

「Twitterはじめました」

意気揚々とした文面が目に入り、愕然《がくぜん》とする。Twitterが理由でぼくを落としたわけではないのだ。どんなことをしても通したい愛弟子と、それ以外の候補者がいただけなのだ。

フォロワーがまだ一〇人ちょっとのアカウントを見ながら、ぼくは「今の病院に来ることができてよかった」と心から思った。

医療情報発信は、そんなに簡単なものではない。多くの場合、炎上すら起きることなく、誰からも注目されずにインターネットの海に消えていくものだ。

戦う相手を間違えた組織に、明るい未来はないだろう。

我々医者は病気や間違った医療情報と戦うのであって、自分の利益を守るために戦うわけではない。

教授選を私利私欲で利用してはいけないのだ。

悔しい思いをした過去二回の教授選。

一時は医局を辞め、アカデミアの道から去ろうと真剣に考えたこともあった。三回目の教授選もダメだったら、自分はたぶん辞めていただろう。

政治に振り回され、これまでの実績を全く評価してもらえず苦しんでいたとき、拠り所にしていた言葉がある。

「あなたの足を引っ張る人たちは、五年後に同じ舞台にはいない」

かつて鬱病と診断されたとき、妻がかけてくれた言葉だ。

嫉妬や妬みに邪魔されたとしても、頑張って結果を出し続ければ、そんなネガティブな思いを跳ね返す場所に、きっとたどり着ける。

ぼくと同じように辛い経験をしている人、いまも苦しんでいる人がいたら、ぜひ頑張ってほしい。周囲の評判や悪意に振り回されるかもしれない。でも、そんなことに負けないでほしい。とても難しいことなのは十分に分かっているが、やりたいことはやり通してほしい。それがきっと、閉塞した暗い日本の将来を明るく変えていくのだから。

新しい医局には山口をはじめ、これまでの教え子が何人かついてきてくれた。「慕ってもらっている」とまでは言わないが、ぼくが作る場所が温かくなるときっと信じてくれているはずだ。

医局員が楽しく仕事ができるように、これからも頑張らなければならない。

さぁ、このチームで良い仕事をしよう。


教授室の片付けを終え、ドリップ式のホットコーヒーで一息つく。

そうだ、両親に電話しておこう。

幼少期、喘息だったぼくを支えてくれたのは、間違いなく両親であった。

発作が起きるたびに、一晩中寝ずに背中をさすってくれた母親。

医学部に合格することができず、二浪が決まったときに静かに応援してくれた父親。

ぼくは家族にも恵まれていた。

「無事に教授に就任したよ」

電話口の向こうの父親に報告する。

「まぁ、体に気をつけて頑張れ」

いつもと変わらない、いつもの声が返ってきた。

――ありがたい。

どんな苦しい状況であったとしても、ぼくにもあなたにも、味方は必ずいる。

大丈夫、前を向いて進もう。

MacBookを広げ音楽を再生すると、スピーカーからＴＯＫＩＯの「AMBITIOUS JAPAN!」が流れる。亡くなった宇山が、カラオケでよく歌っていた曲だ。

ぼくは、これからも彼の分まで患者を救う。

本書は、医師限定WEBサイトM3.comに
2021年4月から2022年12月まで連載していた
「新しい医局のカタチ」に大幅に加筆し、再構成したものです。

著者略歴

大塚篤司（おおつか・あつし）

1976年生まれ。千葉県出身。近畿大学医学部皮膚科学教室 主任教授。2003年信州大学医学部卒業、2010年京都大学大学院卒業、2012年チューリッヒ大学病院客員研究員、2017年京都大学医学部外胚葉性疾患創薬医学講座（皮膚科兼任）特定准教授を経て、2021年より現職。専門は皮膚がん、アトピー性皮膚炎、乾癬など。アレルギーの薬剤開発研究にも携わり、複数の特許を持つ。アトピー性皮膚炎をはじめとしたアレルギー患者をこれまでのべ10000人以上診察。アトピーに関連する講演も年間40以上こなす。間違った医療で悪化する多くの患者に接してきた経験から、医師と患者を橋渡しする正しい情報発信に精力を注ぐ。日本経済新聞、AERA dot.、BuzzFeed Japan Medicalなどに寄稿するほか、著書に『心にしみる皮膚の話』（朝日新聞出版）、『最新医学で一番正しい アトピーの治し方』（ダイヤモンド社）、『本当に良い医者と病院の見抜き方、教えます。』（大和出版）、『教えて！マジカルドクター 病気のこと、お医者さんのこと』（丸善出版）などがある。ガチのB'zファン。

Twitter:@otsukaman

白い巨塔が真っ黒だった件

2023年7月20日　第1刷発行

著　者　大塚篤司
発行人　見城　徹
編集人　菊地朱雅子
編集者　袖山満一子

発行所　株式会社　幻冬舎
〒151-0051
東京都渋谷区千駄ヶ谷4-9-7
電話：03（5411）6211（編集）
03（5411）6222（営業）
公式HP：https://www.gentosha.co.jp/
印刷・製本所　中央精版印刷株式会社

検印廃止

Printed in Japan
ISBN978-4-344-04132-5 C0093

この本に関するご意見・ご感想は、下記アンケートフォームからお寄せください。
https://www.gentosha.co.jp/e/